泡沫日記

酒井順子

JN211456

集英社文庫

はじめに

思えば今まで、様々な初体験をくぐり抜けて生きてきました。小さかった頃はきっと、初めてハイハイした、初めて立った、初めて歩いた……といったことを、いちいち親が寿《ことほ》いでくれたのだと思います。子供の頃は、何をしても全てが初体験だった。

少し成長してくると、「初めて」の体験を、親に隠れてこっそりと行うようになってきます。初めてのちょっとした悪事、そして異性との、あんなことやこんなこと。初体験の味わいを一人でしみじみと舌の上で転がしたり、友達に打ち明けてキャーキャー言い合ったりしながら、興奮を反芻《はんすう》したものでしたっけ。

初めて社会人になる頃まで、人生は様々な初体験の連続で過ぎていきます。初体験を積み重ねていくことによって、人は次第に大人になるのでしょう。

そうこうしているうちに大人になると、初体験の量はグッと減ります。結婚や出産を別とすれば、仕事に慣れるにつれて新しい出会いもなくなり、何となく過ぎゆく日々に。「全く新しい経験をするなどということは、大人になるとそうあるものではないのだなぁ」と思ったものです。

が、しかし。四十代にもなると、再び初体験が増えてくるような気がするのです。たとえば、老化現象。三十代時代も何となく感じた老化の足音ですが、四十代になると、その音ははっきりと耳元で聞こえるように。身体のあちこちに、それまで感じたことのなかった変化を発見して、ショックと言うよりは「へーえ、こんな風になるの！」という新鮮な驚きが続きます。

そして、役割の変化のようなものも、訪れます。「気がつけば最年長」という機会が増え、年長者として重責を負ったり、人を率いる立場になったり。「上の人」についていけばよかった時代には無かった初体験が、そこには待っている。

私の場合、「大人の初体験」の実感を強く得たのは、ある友達が病で他界した時でした。私はご遺族から、ご葬儀における弔辞を依頼されたのです。

「弔辞……」

と、一瞬私の頭は真っ白に。ワイドショーにおいて、芸能人の葬儀で弔辞が読まれるシーンは見たことがあるけれど、私は弔辞が読まれるような葬儀に出席したことはないし、当然ながら弔辞を読んだこともない。人生初弔辞、だったのです。

突然の初体験、それもかなりの重責。友達が他界した悲しみと、弔辞のプレッシャーとを同時に感じ、私はてんやわんや状態になりました。とりあえず文面は考えたものの、そういえばワイドショーで見た弔辞は、何やら立派な紙に書いてあったはず。弔辞ってどう書けばいいの？　そしてどう読めばいいの？……ということをネットで調べだしたのは、既に葬儀の前日の深夜。それは奉書というものに、できれば毛筆で、といったハウツーを読んで、「毛筆でなんて、書けるわけない！」と、真っ白だった脳裏は真っ暗となり、「それでも何とかしなくてはならない」と、大混乱のうちに、半ば徹夜で準備を終えたのでした。

いよいよ、葬儀当日。弔辞の順番がやってきて、私は祭壇の前に立ち、持っていた紙を広げました。そして一言読み始めたその瞬間、私の中で緊張と悲しみが、爆発。図らずも号泣してしまったではありませんか。

止まらぬ嗚咽《おえつ》の一方で、会場の「……」という雰囲気を察知して、「は、早く泣き止まなくては！」と、あせる自分。クソ意地で涙と鼻水を止め、どうにか読み終わって席に戻った時は、全身の力が抜けたようだったのでした。

葬儀からの帰り道、私は久しぶりに、「初体験後の虚脱」を味わっておりました。若い頃、極度の緊張を伴う初体験を通過した後はいつも、達成感と激甚疲労感が入り交じった感覚にグッタリしたものでしたが、四十代になって久しぶりに、その手の感覚を味わったのです。そして「これからきっと、こういう初体験が増えていくのだろうなぁ……。しかしもし次に弔辞を読むようなことがあったら、ちゃんと毛筆で書いて、あそこまで号泣せずに読み切りたいものだ」と、ぼーっと思っていた。

若い頃は、初めて友達の披露宴でスピーチを頼まれたり、はたまた合唱を頼まれたりして、緊張しながらマイクの前に立ったものでした。しかし今、友達の弔辞を読むために私は、マイクの前に立った。初めての披露宴スピーチの頃からずいぶん遠くまで来たわけですが、これからはきっと、人生の後半であるからこその、この手の初体験が待ち構えているに違いない……。

本書は、そんな「人生後半の初体験」に満ちた日々を記した日記です。そうしてみると、意外に出てくる初体験。子供の頃、中年という人々は何に対しても動じない、何にでも慣れた人達であると思っていましたが、自分が中年になってみると、初めて出会う事物にいちいち驚き、びくびくし、また喜んだり悲しんだりしているではありませんか。中年は中年という状態にまだ不慣れなのであり、やっと慣れてきたと思える頃には、もう老年の域にさしかかっているのではないか。

人生後半の初体験は、もちろん老いや死と密接な関係を持っています。成長に伴う初体験でなく、退化とともにある初体験であったりする。そういった初体験を積み重ねることによって、人は自らの死を迎え入れる準備をしていくのでしょう。

そして私は既に、「これが自分にとって初めての体験であったか否か」が判然としなくなっている自分にも、気づくのです。「この場所に来るのは初めてだなぁ」などと思いながら旅をしていても、ある建物を見た瞬間、

「ここ、前にも来たことある！」

と思い出したりする。それはデジャビュではなく、単に「かつて来たことを忘れていた」というだけなのです。

また私は最近、「はじめまして」という言葉を自らに禁じております。それは、

「どうも、はじめまして」

などとうかつに言ってしまった後、

「あの、以前にもお目にかかったことがあるんですけど……」

と言われることが頻繁にあるから。

しかし、以前したこと・言ったことを忘れてしまい、「二度目の初体験」を味

わった気分になることができるというのも、大人の特権なのかもしれません。若い頃のように、がっついて初体験を求めるのでなく、初体験との思わぬ出会いや初体験との再会を、今では楽しむことができるようになりました。

初体験とは、手に入れた途端にパチンと消えてしまう、泡のようなものです。いくらきれいであっても、その泡をずっととっておくことはできないし、本当の「初めて」は、ただ一度だけ。

そして人が生まれたり死んだりするのを繰り返し見ていると、人生というのもまた泡のようなものだと思えてくるのであって、そんなアワアワした日々の記録をとどめておこうという気持ちもまた、泡のようなもの。バブル世代だからというわけではありませんが、泡は嫌いではない私の、初めてだらけの日常に、しばらくお付き合い下さい。

泡沫日記　目次

泡沫日記

ガードル

某月某日
ガードルをもらった。
学生時代のクラブの仲間五人で、定期的に食事会をしているのだが、それぞれの誕生日にプレゼントだのお返しだのをやったりとったりしているうちに、今や毎回、プレゼント交換会の様相に。そして今回、洒落《しやれ》たイタリアンにおいて、一年上の先輩男子・Sさんが我々女子二名にくれたのが、ガードルなのだった。このガードルを装着して毎日一定以上の時間を過ごせば、自然と筋肉が鍛えられてスタイルが良くなる、という効能を持つのだそう。
ガードルを所有するのは、生まれて初めてのこと。下着売場でガードルを見ても、それは自分よりうんと年上の人が必要とするものだと思って無視していたが、確かに最近、自らの尻の垂れを意識せざるを得ないようになってきた。歩いていると、パンツの下側にはみ出る尻の肉の感触が、わかるのである。「こういう尻にこそ、ガードルは必要なのでは？」と思っていた矢先の、ガードルのプレゼント。さすが付き合いが長い人は、くれる物が違う。まさかクラブの先輩から「マイ・ファースト・ガードル」をもらうとは。

「嬉《うれ》しいっ、ガードルが欲しいと思っていたんです！」

と叫んでみるが、こういう反応をもっと早くできていれば、人生はもっと違ったのではないかと、ふと思う。たとえ前にも来たことがあっても、

「美味《おい》しいっ、こんなにお洒落なレストランに来たの、初めてです！」

と言い、全く趣味に合わなくても、

「素敵！　こんなネックレス、欲しかったの！」

と言っていれば……、と後悔しつつ、思う存分、ガードルを手に喜んだ。

某月某日
昨日もらったガードルを、早速はいてみることにする。パンツと、ガードルと、タイツ。これをどのような順番ではけばいいのか一瞬迷うが、やはり普通に考えればパンツ、ガードル、タイツの順ではないかと思い、装着すると……。く、く

るしい。確かに垂れた尻の肉は気にならなくなり、腹も平らになりはするが、いかんせん圧迫感が強すぎる。こんな感触に耐えられるだろうかと不安を覚えつつも、衣服を着て外出する。

するとと、次第にその苦しさに慣れてきて、そのうちさほど気にならないように。この感覚は何かに似ていると思ったら、あれは今から三十年ほど前の、「初めてブラジャーをした日」と似ているのだった。

中学一年の頃、クラスの大半がブラジャーをしているのを見て、第二次性徴の遅かった私はおおいにあせったものである。あせりの余り、まだ必要でもないのにブラジャーを入手して初めて装着した時の違和感、そして圧迫感といったら！「よく大人はこんなものを毎日つけているなー」と感心したのだった。

が、しばらくすれば、締め付け感にも次第に慣れていった。その後は、ブラジャーがないと心許《こころもと》ないような気持ちになり、朝、ブラジャーを装着することによって兜《かぶと》の緒を締めるかのように気分がシャキッとし、「今日も一日が始まる」と思うようになったのである。

人は、何かの締め付けがあるからこそ、頑張って生きていこうと思うのかもしれない。男のネクタイにしても女のブラジャーにしても、締め付けによって、人は強制と矯正をされ、大人に近づいていく。

ガードルによる締め付けは、大人の世界を既に一巡した証《あかし》であろう。乳を固定させるための下着を初めて装着してから三十年が経《た》ち、よもや垂れるなどと思っていなかった尻を締め付ける下着を私は入手した。

「初めてのガードル」で気分が高揚している私は、女性に会う毎に、

「私今、ガードルはいてるんです」

と告白したのだが、ガードルを持っている人は意外に多いことに気づく。中には、

「私、二十代からガードルはいてましたよ。その方が服がきれいに見えるから」

と言う人もいた。

「えっ！　そんな時に男の人といいムードになったら、どうするの？」

と問えば、

「そんな可能性がある日は、ガードルをはいていかないのです」

とのこと。ま、そりゃそうだ。

しかし初めてのブラジャーのように、親が買い与えてくれるものでもなければ、誰かが指示してくれるものでもないのに、どうやって皆は、初めてガードルを装

着する時期を計るのかが、不思議。知らぬ間に皆が手に入れている物って、色々あるなぁ。

夜は、中華料理の会食である。回るテーブルに、様々なご馳走《ちそう》が並んで楽しい。しかし、前菜の後のフカヒレ料理を食べ終わってから、猛烈に苦しくなってきた。ガードルが腹の肉にそして胃に、食い込む。激しい圧迫感に、気分が悪くなってきそう。

このままでは楽しく食事を続けることができないと判断した私は、「ちょっと失礼」と、化粧室へ。個室に入り、素早く服とタイツとガードルを脱いで、まだ生あたたかい肌色のガードルをバッグの奥にしまい込む。再びタイツと服を着てみれば、何とスッキリ、気持ちの良いことか！ それは一日スキーを滑った後でスキー靴を脱いだ時のような気分。締め付けが無いって、素晴らしい！

何食わぬ顔をして席に戻った私は、旺盛な食欲を取り戻した。最後のチャーハン、そしてデザートの胡麻団子《ごまだんご》まで完食したことは、言うまでもない。

某月某日

初めてパン焼き機を使ってみた。

パン焼き機を買ったばかり、というわけではない。今、米をパンにすることができる機械が流行《はや》っているというが、そんな先端的な機械でもない。このパン焼き機はいただきものであり、五年も前から我が家のキッチンの一角に、まるで秘仏かのように不動のまま、そしてご開帳もされぬまま、佇《たたず》んでいるのだ。

五年前から持っていながらなぜ使わぬ、という話もあろうが、それは「何となく」としか言うことができない。私には、様々な事物をそのまま放置する癖がある。会社員時代は、自分のところに回ってきた請求書などを放置することがしばしばであり、ずいぶんと上司に尻拭いをしてもらったものだ。

パン焼き機も、そのパターンであった。パンは好きであり、「焼きたてのパンって、美味しいんでしょうねぇ」と夢想もしてきたのだが、どうも機械を見ると「面倒臭そう」という気分が先に立つ。パン屋さんの前を通りかかればそこでパンを買っているうちに、五年が経ったのである。

が、とうとう今日の日が来た。キッチンを掃除している時、パンミックスの粉があるのを発見。「あ、パン焼き機と一緒に到来したんだっけ」と思い出し、「いい加減、使った方がいいのではないか?」と思い、「今日のランチは、焼きたてのパンとする!」と、決心。時刻は、十二時。ま、一時頃には焼きたてのパンが味わえるかな……？

と甘い夢を見つつ、やおら説明書を取り出してみたら、最もシンプルな食パンが完成するまで、三時間半かかるという。「そんなにかかるの！」と驚くが、そういえばパンを焼くためには発酵という作業が必要なのだった。炊飯器のように、米と水を入れてスイッチを入れれば三十分後にはホカホカのご飯が、というわけにはいかない。

説明書を見ながら、説明通りに水とパンミックスの粉、ドライイーストを入れて、蓋をしめてスイッチオン。作業は簡単である。しかし、完成するのは三時半。既に空腹だというのに、我慢できるのか……？

私は、生まれて初めて、皮から餃子《ギョーザ》を作った時のことを思い出す。無類の餃子好きである私は、「皮から自分で作ることができたら良いだろうなぁ」と思い、料理研究家のウー・ウェンさんの餃子の本を見ながら、手作り餃子にトライしたのだった。夜八時くらいに食べられればいいかな、という計画のもとに。

しかし、とても簡単そうに見えた餃子作りは、難しかった。粉を練ったり寝かせたり、具を包むために一つずつのばしたりするのだが、強力粉なのでとにかくあちこちにくっつく。慣れぬ作業に悪戦苦闘した結果、餃子にありついたのは夜の十一時半。それ以降、一度も餃子作りには着手していない。

そして、パン焼き機。完成するのは、今から三時間半後だってさ……。パン作りを決意する前に説明書を読めばよかったと思うが、後の祭りである。パンに載せて食べるようにと、卵やチキンのフィリングを作ってみるが、作り終わってもまだあと三時間。空腹は募る。

パン焼き機の上部には窓がついていて中を見ることができるのだが、パンにはまだ程遠い状態。やっと粉をこねるところになると、カドに溜まった粉もちゃんと混ぜていく機械に感心し、しばらく眺め続ける。……が、そのうち飽きてきて「おやつでも食べるか」と順序が逆転。

冬の日が傾くのは早い。もう既に夕方っぽい日差しになってきた頃、ようやくパンは完成した。ほかほかのパンは、確かに美味しい。五年前の粉でも結構イケル！　空腹のあまりがっついて、三十分で完食。満腹の腹をさすりながら「初めてのことをする時は、事前準備をしておこう」という教訓が胸に残るわけだが、しかしそんな教訓は物心ついた頃から知っていたことも思い出す。

インフル

某月某日
香港旅行、最終日。友達は早朝の飛行機で先に帰ったので、一人でホテルをチェックアウトして空港へ。朝から喉が少し痛いが、部屋が乾燥していたせいだろう。しかし空港が寒い。暑い国では冬でも冷房を入れるというが、これもサービスの一環なのか。
あまりに寒いので、店に入って温かい麵をすする。余った香港ドルで、チョコレートなど買って、機内へ。
東京に到着すると、やはり寒い！　身体を温めるべく、夜は鍋物にする。三日間、中華三昧であった胃に、和風のダシがやさしく染みていくことよ……。

某月某日

翌日。朝から身体がだるい。そして熱っぽい。明らかに風邪。

しかしまぁ、これくらいだったら、大人しくしていれば自然に治るだろう。身体中にホカロンをはりつけ、毛糸のパンツとタイツとヒートテックを着用し、今日締切りの原稿を書き始める。

……が、だるくて原稿が全く進まない。次第に頭が朦朧《もうろう》としてきて、何も考えられなくなってきた。熱を測ってみると、三十八度三分。あまり高熱が出ないタイプの私にしては、これはかなりの発熱っぷり。自然に治るタイプの風邪ではないらしいと、かかりつけのお医者さんへ。

熱があることを電話で伝えると、医院の入り口からではなく、先生の自宅の入り口から入るように言われた。そして待合室ではなく、先生宅の二階の部屋へ。他の患者さんとの接触を避けるためであろう。ガスストーブで暖めてある先生宅の二階の部屋は、昭和風の客間。レースのテーブルセンター、金色の額縁に入った洋画などを朦朧とした頭で眺めていると、別の世界にトリップしたかのよう。

診察後、再び二階で待つ。しばらくすると先生が二階へやってきて部屋のドアを開けたかと思うと、いつもの診察の時よりちょっと弾んだ声で、

「陽性でした」

とのこと。

一瞬、「ようせいって？　妖精？」とポカンとするも、すぐにインフルエンザの陽性であることを理解する。何と答えていいかわからず、

「おおっ」

と漏れる声。人生初の、インフルエンザ罹患《りかん》。

子供の頃は、水疱瘡《みずぼうそう》だの風疹《ふうしん》だのにかかったことはあるが、物心ついて以降、「陽性」との告知を受けるのは初めて。「かかっちゃった」という恥ずかしさとともに、非常事態に伴う軽い高揚感に見舞われる。

タミフルではなく、吸入式のリレンザという薬を選択。看護師さんから吸入の仕方を習い、医院を出た。

熱が下がっても三日間はウイルスがいるので、人には会わない方がいいとのこと。医院を出た足で、これから始まる蟄居《ちっきょ》期間中の食料を買い込んだ。レジの人とお金をやりとりしつつ、心の中で、

「すいません……私、インフルエンザ陽性の身なんです……」

と、つぶやく。実は拳銃を隠し持っている人って、こんな気分なのか。

つまり私は、香港でインフルエンザに感染して、日本に戻ってきたのであった。一昨日の夜、尖沙咀《チムサーチョイ》をぶらついていた時にウイルスを吸入したのだろうか。空港で寒く感じたのは、おそらく冷房のせいではなく、さむけ。新型インフルエンザが流行し始めた頃であったら、私が空港から家まで戻ってきたルートがニュースで報道されたりして、重罪人扱いになっていたはずである。流行って、最先端を走らない限りは注目されないものなのね……。

などと思っている場合ではない。ふらふらと家にたどり着き、買ってきたプリンを食べ、薬を吸入。ベッドに倒れ込む前に、関係各所に連絡する。これから五日間に入っていた人に会う予定を、キャンセルしなくてはならない。

電話をかけて、

「すいません、インフルエンザになってしまいまして……」

と言うと、

「えーっ！」

と、皆ちょっといきいきした声を出してくれるのであった。インフルエンザというのは、なりそうでならない病気。そして、さほどの重病ではないけれど、普通の風邪とは違うイベント感もあって、皆が心配してくれるのである。それがちょっと嬉しい。テレビをつけたら、滝川クリステルもインフルエンザで、番組を休むという。それもちょっと嬉しい。

やるべきことを済ませ、寝床へ。さすがに今日は、もう寝ます。

某月某日

その翌日。熱を測ると、昨日より一度ほど、下がっていた。インフルの薬は、発症から四十八時間以内に服用しなくては効かないそうだが、してみると間に合ったか。

しかし、だるい。ものすごく、だるい。薬吸入後はすぐ、寝床へ戻る。この、風邪の時の「何も考えずに寝ていても許される」という状態は、嫌いではない。原稿を書かなくても、役に立つ本を読まなくても、罪悪感に襲われずに済むのである。「やるべきことは、ただ一つ。風邪を治すことだけ」というシンプルな生活に伴う幸せをどこかで感じつつ、グーグー寝る。

某月某日

さらに翌日。さらに熱が下がったせいか、あとまだ三日か四日は、家の中でじっとしていられるのが、しみじみ嬉しくなってきた。全く退屈など感じず、正々堂々とワイドショーを見たり、かねて読みたいと思っていた『ONE PIECE』を一巻から読んだり、ひたすらたくさんの種類の野菜を刻んで、味噌汁《みそしる》を作ったりする。あと一週間、家から出るなと言われても、食材さえあれば余裕。引きこもり生活って、私に向いてるかも。

某月某日

丸五日間、一歩も家から出なかった。そうこうしているうちに、インフルエンザは完治し、社会生活に復帰。

今日は、初めてお目にかかる女性の漫画家さんと対談である。彼女は今、二十二歳。

「対談するのって、生まれて初めてなんですぅ〜」

と言う頬は、ピンク色でつやつや。

大人になると、このように若者の「初めて」に立ち会う機会が多くなる。破瓜《はか》現場とでも言おうか、それはちょっと緊張を伴う体験。

生まれて初めての対談だなんて、緊張するだろうなぁと、彼女を見ていると思う。私が生まれて初めての対談をしたのは、いつのことだったか？　全く思い出せない。

話すことが苦手であるが故に文章を書く道を選んだ私は、今でも対談は得意ではない。口が重いので、相手の方にばかり負担をかけ、「はぁ」「ええ」「なるほど」くらいしか言わないことがしばしばなのである。しかし対談初体験という人を相手に、そうはいかないだろう。大人としては、怖がらせないように、そして話しやすいようにしてあげなくては。

幸い彼女は、物怖《ものお》じせずに明るく語ってくれる人であった。知らないことは知らないと言い切ることができる、その初々しさといったら。

彼女を見ていると、「知らない」ということが、いかに貴重なことであるかがわかる。知るということは、白い画用紙に、クレヨンで絵を描いていくようなもの。きれいな絵を描くことができればいいが、描かなくてもいい線、塗らなくてもいい色はたくさんある。そして絵を描いてしまったが最後、もう二度と最初のような白い紙には戻らないのだから。

そういえば先日は、一緒に名古屋出張に行った二十三歳の女性編集者さんが、

「パチンコ、一回もしたことありません」

と言うので、「名古屋といえばパチンコじゃないの」と、ともにパチンコ屋さんに入ったのだった。私もパチンコに詳しいわけではないが、かつて旅先で暇になるとたまにパチンコをしていたことがあるので、彼女よりは先輩。玉の買い方などを指導して、ともに弾いてみた。

二人とも、またたく間に三千円分の玉をスッたわけだが、終わった後に彼女の瞳は輝いていた。

「私、酒井さんが一緒じゃなかったら、一万円分くらいはやっていたかも。東京に帰ったら、またやってしまいそうで怖い！」

と、店を出た後でつぶやいていたのを聞いて、「悪いことを体験させてしまったかも」と思った私。パチンコなど、彼女の人生の中では知らなくてもよかったこと。この先、はまらずにいてくれればよいが……。

若い人に何かを初体験させるのは、楽しいものではある。私も、他人のパチンコ処女を破るという体験は初めてであり、「あ、入った！」などと言う彼女とともにパチンコをするのは楽しかった。しかし、

「初めてなんですぅ〜」

と言われたからとて、「そうかいそうかい」と、ヒヒジジイのように何でもか

んでも体験させてあげるのは、いかがなものなのか。

そうこうしているうちに、対談は無事に終了した。ああ、彼女の心の画用紙には、この先どんな色が塗られていくのか。美しい色だけで、絵ができていけばいいが。……なーんて心配していると、

「えーと、対談っていつ始まるんですか？」

と、彼女。どうやら、今までしていたのは、対談の前の単なるおしゃべりだと思っていたらしい。

「今のが一応、対談だったのよ～」

と言えば、

「そ、そうだったんですか！　対談って、『それでは今から対談を開始します』みたいに、厳粛に始まるものかと思ってました！　もう終わっちゃっていたとは！」

と言う。

私は、彼女のフレッシュな反応を見て、胸がジーンとしたのだった。こんなに純で初心《うぶ》な時代が、私にもあったのだったっけ。そしてこんなに純な彼女も、あと二十年経ったら、私みたいになってしまうのだろうか……？

しかし、案外「知らないうちに終わっていた」初体験って、多いのかも。どれもこれもが忘れられない衝撃を伴う初体験だったら、人生ヘトヘトだろうしな。

引っ越し

某月某日

「これでしおさめ」という感慨とともに、携帯のゲームをする。テトリスのような単純なゲームにはまり易い私は、携帯電話に内蔵されていたマイナーなゲームにも、夢中になってしまった。仕事の合間に、食事の後に、寝る前に。まるで愛煙家がタバコを手にするかのように、つまりは中毒症状的に、つい携帯に手を伸ばしていたのである。

しかし私は今日、新しい携帯電話を購入するのだ。やっとこのゲームとも、手を切ることができる。これで最後かと思うと寂しいが、思う存分にプレイして、ゲーム終了。携帯をポケットに入れて、ドコモショップへと向かった。

いわゆる機種変更ということをこれからするわけだが、今回は普通の機種変更とは訳が違う。私が購入するのは、スマートフォンなのだから。

ＩＴ関係にも電化製品にもめっぽう弱い、昭和の女らしい私。さらには、進取の気性にも富まないため、新しいものをいち早く使用することもない。

保守的気質の私は、携帯電話の使用開始も、普通の人よりは三年は遅かった。そんな私にとって、このたびのスマートフォン導入は、かなりの進取っぷりである。ドコモショップにおけるお姉さんの料金説明などは、相変わらず八割ほど理解不能であるが、「先端的なものを手に入れた」ということで、気持ちはハイに。思い切ってスマートフォンにしたのは、間もなく引っ越しを控えていることと無関係ではないだろう。「引っ越しを機に、新しいものを！」という気運が高まっているのだ。

ハイな気持ちと同時に、この町とももうすぐお別れなのだという、少しおセンチな気持ちにもなって、かねて気になっていた喫茶店に入ってみた。コーヒーとタルトを注文。とても居心地が良い。どうしてもっと早く来なかったのだろう。コーヒーを飲みつつ、買い立てのスマートフォンをいじってみる。液晶画面を指でしゅっ、とこすっていると、自分が進んだ人間に思えてきて、自慢気に何回もこする。

間違えながらも、何とか初メールを送信。新しい携帯を買った時はいつも、

「私は本当にこの携帯に馴染《なじ》むことができるのだろうか」と、クラス替え直後のような不安を覚えるのだが、今回の不安はいつもより一際強い。使いこなせるようになるのか？　という不安が頭をよぎる。

さらにいじっていると、アプリの中にテトリスがあるのを発見してしまった。いかんいかん、こんなものに手をつけたらまた、限りなく時間の無駄になってしまう。……とわかってはいるのだが、誘惑に勝つことはできなかった。すぐテトリス開始。やっぱりよくできたゲームであることよ。

ためしに、古い携帯も取り出してみた。魂を抜かれて使い物にならないのだろうと思ったのだが、何とゲームは前と同じようにプレイできるではないか。嬉しい気持ち半分、「どうしよう」という気持ち半分。テトリスもこちらもとなったら、目が潰れてしまう。ゲーム断ちのつもりで携帯を変えたというのに、結果は逆とは、不覚なり。見なかったことにして、古い携帯をバッグに戻した。

某月某日

「誰もがやっていること」は、「誰もができる簡単なこと」なのだと思いがちである。しかし、「誰もがやっていること」というのは、受験、就職活動、出産、運転免許取得など、実は「ぜんぜん簡単ではない」ことが多い。「みんなこんなに大変な思いをしていたの！」と、その立場になって、初めてびっくりするのである。

今回、引っ越しをすることになって、久しぶりにその感覚を思い出した。本格的な引っ越しというのは、生まれて初めての私。十数年前、実家から今のマンションへと移り住んだ時は、引っ越しと言うより単なる荷物の移動だった。せいぜい新しい家具を買ったくらいだったのである。

しかし今回は、本当の引っ越し。結婚やら転勤やらマンション購入やらで引っ越し慣れしている友人達は、引っ越しを前に緊張している私を見て、

「その年になって、引っ越しが初めてって珍しいね」

などと言う。

引っ越し業務は、自分と名前が同じという理由で、パンダマークの某引越センターに依頼。見積もり係の人が来た時は、靴を脱いだら靴下がパンダ模様だった。こういうところでウケを取ることも必要なのだろう。

インフルエンザ後で弱っていた私は、体力温存のために、すべておまかせのらくらくコースを選択。荷造りと、移転先での荷解きもおまかせすることに。

今日は、その荷造りの日。朝八時半、荷造りチームがやってきた。全員が女性。エプロンをつけ、早速てきぱきと仕事に入っていく。

引っ越しが決まってから今まで、自分でもせっせと断捨ってきたつもりではあるが、膨大な量の物。特に、仕事部屋担当の方は、壁面と床を埋め尽くす本を見て、「ウッ」と眉をひそめ、段ボール箱の追加オーダーをかけた。

それにしても、彼女達の仕事っぷりはすさまじい。リーダー格、と言うより「主将」と呼びたくなるような頼もしい中年女性が、若手の女性に冷静に指示を出し、大量の物をどんどん箱に詰めていく。引っ越しと言うより、戦争をしているような切迫感が漂っているのだ。

棚の奥の方から謎の埋蔵物が発見されたり、引き出しの中がごちゃごちゃだったりと恥ずかしいところもたくさんあるが、この期《ご》におよんで恥ずかしいなどと言っていられない。腹の中まで荷造りチームに開陳する覚悟。

本の担当の若い女性は、荷が重くて大変そうである。本が入った段ボールを積み上げていくのだけでも、一苦労。荷造りを女性にやっていただくのは有難いが、こういうところは申し訳ないなぁ……。

ということでひらめいたのは、「ゲイの引っ越し屋さん」。女性以上に女性らしい気持ちで荷造りをしてくれて、かつ力は男並み。全員でなくとも、荷造りチームの中に一人、ゲイの人が交じっているといいのではないか。

なーんてことを私が思っているうちにも、どんどん進む箱詰め作業。それにしてもどれだけ物があるのだ。本当に荷造りは終わるのか？

自分では何もしていないのに、不安と疲労が募っていく……。

某月某日

翌日。前日は無事に、箱詰めが全て終わった。終わりが見えてきた時、疲労の色が濃くなってきた若者達を「あと少し！　頑張りましょう！」と叱咤《しった》する主将の姿に、リーダーの資質を見た。

今日は、男子チームがやってきて箱を運び出す。責任者です、とやってきたのは、確実に二十代の青年。他のメンバーも全て、若者。体力を使う荷運びの仕事は、若くないと務まらないのね。

彼等もまた、親の仇《かたき》であるかのように、猛然と荷物を運んでいった。汗がしたたり、息は切れる。「あれよあれよ」とはまさにこういうこと。その間、私の携帯には引っ越し関連の様々な電話がかかってくるのだが、しかし慣れないスマートフォンであるが故に、スムーズに出られない、力いっぱい指でぐりぐりしても、電話が反応しなかったりして、「あーっ、なんで引っ越し直前に携帯変えたんだろ私！」と、イライラが募る。

あたふたしている私に対して、自分よりうんと年下の引っ越し青年達が、何と頼もしく見えることか。たとえば水漏れの時に来てくれた水道屋さんとか、海外での通訳さんとか、「この人に頼るしかない！」という時は、相手がやけに格好よく見えるものだが、引っ越し屋さんにしても然《しか》り。今は彼等が私の生殺与奪の権を握っている。

三時間ほどかかって、彼等は全ての荷物をトラックに積み込んでいった。ガランとした部屋に残された、私。嗚呼《ああ》、こんな部屋だったのだっけ。

この部屋に引っ越してきた時、私は二十代だった。それから十余年、馬鹿なこと、恥ずかしいことがこの部屋でいっぱいあった。この部屋で、あの本も書いたしこの本も書いた。

……と、そんなことを考えていたら、目頭が熱くなってくる。愛着を持っていたこの部屋とも、この町とも、今日でお別れ。壁を撫《な》でつつ、心の中で部屋に礼を言う。

某月某日

どうやら引っ越しは無事に終了したが、激甚疲労の日々。引っ越しって、こんなに疲れるものだったのね。

さらに私は、携帯を変える以上のことを、引っ越しを機にしていた。前述のとおり、進取の気性が全くない私は、今までワープロで原稿を書いていたのだが、それをパソコンでの執筆、それもＭａｃに変えたのである。

「ワープロで書いている」と言うと、「それってひょっとして、ワープロ専用機っていう意味？」とぎょっとされたものだが、まさしくワープロ専用機であるところのＮＥＣ文豪が、私の愛機であった。ワープロで書いた原稿をフロッピーに落とし、それをパソコンで送っていたのである。

そんな私が、初めてのＭａｃで、初めてのワードというものに挑戦。……してみたら、それは意外と簡単。とって喰《く》われるかくらいの覚悟で臨んだけれど、何と楽なのだろう。

原稿を書きながら、同じ画面で調べものができたりするのも、私にとってはものすごく画期的なこと。自分が一気に、現代人になった感じ！

そんなわけで、我が家に相当な遅れでやってきたＩＴ革命は、引っ越しと同時に一気に進行中。パソコンで原稿を打ちつつ、携帯にかかってきた電話を、しゅっと指でこすって出る。そんなことをしている自分が、どうにもこっ恥《ぱ》ずかしいのだが、そんな自分にうっとりもしているのだった。

地震

某月某日

仕事で青森へ。全線開通した東北新幹線に導入されたばかりの新型車両「はやぶさ」に初めて乗って、終点の新青森へと向かう。はやぶさの特徴は、長ーい鼻とボディーに入る緑とピンクのライン。早めに東京駅に着いて、先頭車両まで行って写真を撮りまくる。

はやぶさには、グリーン車のさらに上の、グランクラスというものがある。グランクラスのチケットはすぐさま売り切れてしまうそうだが、せめて見ておきたいと、端っこの車両まで見学に。こういう人がいると、グランクラス乗客はさぞや落ち着かないことだろう。ドアが開いたすきにチラ見して、「いつか乗りたいものよ……」と思う。

国内最高の、時速三二〇キロを出すはやぶさは、一方で揺れを抑える構造になっているらしい。朝ということもあって、例のごとく私はすぐ眠りにおちたが、揺れが少ないせいか熟睡。あっという間に終点の新青森に到着したのだった。
在来線に乗って、弘前《ひろさき》へ。食べ物は美味しいし人は優しいし、やっぱり東北はいいなぁ。

某月某日
青森出張から戻って数日、引っ越し以来バタバタしていた日常がようやく落ち着いてきた。外出から戻って、家で昼ご飯を食べ、テレビをつけると、ちょうど「ミヤネ屋」が始まったところ。宮根さんはあまり好きではないが、今は十四時台に放送するワイドショーはこれだけなので、何となく見てしまう。久しぶりののんびりした時間ということで、ミヤネ屋を耳で聞きつつ、ソファーに寝っころがって、携帯ゲームに興じる。この堕落感に身を任せる幸福といったら！
テレビでは、石原慎太郎が都知事選へ出馬することになった、と伝えている。……と次の瞬間、グラリと家が揺れた。地震慣れしている東京者の私は、「地震だー」と思いつつ、そのままゲームを続けた。が、いつまでたっても揺れは収まらず、どんどん激しい揺れに。そのうち、巨人が家をつまんで揺さぶっているかのような、生まれて初めて経験する強い揺れになり、「これはまずい！」とはね起きる。居間部分の二階にあるのは、大量の本が置いてある仕事部屋。二階が落ちてくるとしたら、まずここからだろう。

テレビでは宮根さんが、

「地震が起こった模様です」

と。ミヤネ屋は関西のテレビ局から放送しているので、スタジオは落ち着いている。すぐにカメラは東京に切り替わり、緊迫したアナウンサーの顔が映る。どうやら東北で大きな地震が起こったらしい。

ゆっさゆっさと、まだ揺れは続いている。二階が落ちてこなさそうな玄関へと移動。学生時代、明日が試験の時など、「大地震がこないかナー」と思っていた私だが、その頃の不謹慎な考えを思い切り反省しながら、「早くこの揺れ、止まってー っ！」と祈る。

と同時に、私の頭に浮かんだこと。それは、家族や友人の安否のことでも、ライフラインのことでもなく、なぜか、

「あ、これで都知事は石原さんだ」

ということだった。この時点で被害のほどは全くわかっていなかったが、非常

事態下において人が何を求めるかといったら、強力なカリスマ性と、強い指導力であろう。都知事選にはバラエティ豊かな候補者が予想されていたが、災害時に人が望む知事とは、つい最近まで他の県の長をしていた人でもなければ、居酒屋経営に長《た》けている人でもあるまい。

……と、おそらくは直前まで見ていたミヤネ屋の影響と思われることを考えているうちに、次第に揺れが収まってきた。何と長い地震だったことか！　おそるおそる居間に戻る。テレビでは、テンパリ気味のアナウンサーが、盛んに地震のことを伝えている。宮根さんはもう、画面には戻ってこない。

はっと気づくと、心臓が異常にバクバクしていた。「怖かったァ……」と、初めて恐怖を自覚した。

家族や友人と連絡を取ろうとするが、なかなか携帯はつながらない。と、家の電話が鳴り、

「大丈夫ですかっ」

との知人の声。人の声を聞いて、少し落ち着いてきた。ぽつりぽつりと外と連絡が取れるようになり、知り合いは皆無事らしいことがわかってきた。水を溜めて、ご飯を炊いておくようにと、地震経験者からのアドバイス。バケツに水を溜《た》

め、ご飯を何となく四合炊いた。

……と、この家にはそういえば井戸があったのだ、ということを思い出す。家を建て直す時、昔からあった井戸を「どうする？　埋めちゃう？」という話にもなったのだが、生かしておいてよかった。何でも断捨離すればいいというものでもないなぁ。

高層ビルで働く友人からは、「怖かった!!」とのメール。難破船並みに揺れ、エレベーターは止まったとのこと。都内の鉄道も、全て止まっている様子。次第に被害が明らかになってきて、「これはただ事ではない」という空気がどんどん強まる。

しかしその空気が一気に強まったのは、津波の報が入ってから。私がつい数日前まで行っていた東北では、大変なことが起こりつつある。

余震が続く中、「何か食べておかなくちゃ」という気になって、残っていた鯛焼きにかぶりつく。居間は怖いので、玄関にしゃがみ込んで、冷たい鯛焼きをむさぼった。

某月某日

地震三日後。この三日の間に、次から次へと地震の被害が明らかになってきた。東北地方の太平洋側には、津波によって壊滅した町がたくさん。福島では原発が大変なことになっている。東北新幹線は、あれから止まったまま。結局、はやぶさはデビュー後、六日間しか走らなかったことになる。あの乗車は、貴重な機会であったのだ。

買い物のためスーパーへ向かうと、近所の神社の鳥居が倒壊していた。鳥居ってそういえば、頭でっかちな割に支えが少なくて、倒れやすいのかもね……。

スーパーに到着すると、定休日ではないはずなのに、「節電のため、休みます」との張り紙が。あせりを感じ、隣町のスーパーまで自転車を走らせた。すると入った途端に、異様な雰囲気。照明が落とされた店内は薄暗く、棚には商品がなく、レジには長蛇の列。

米、パンといった主食類、牛乳やヨーグルト、缶詰といったものは軒並み棚から消えている。肉、野菜は普段通りにあるので、その辺りをカゴに投入。しかし我が家もお米の残量はそう多くなかったことを思い出し、妙に気が急《せ》く。

レジ待ちの列に並んでいると、仕事の電話がかかってきた。来週の約束についての、

「それまで日本が大丈夫だったら、お会いしましょう」

「どうぞご無事で！」

と、戦時下のような会話が交わされた。

レジの順番をぼーっと待ちながら、「まさか自分が生きているうちにこんなことが」と思う。生まれた時から日本はずっと平和で、ひもじさも、命を脅かされるような恐怖も感じたことはなかった。「こんな感じのまま、一生終わるのだろうなぁ」と思っていたのに、ここに来て、こんな初体験が待っていようとは。

レジ待ちの列には、子供を連れたお母さん達も多い。日本がこれからどうなるのか皆目見当がつかないが、この子達の人生は、地震でぐったりした日本の記憶から始まるのだ。

全ての子供達の上に、幸いあれ。そして亡くなった方々が、津波からすぐに神様の御もとへと抱かれ、苦しみも悲しみも感じずにいられますように。

遅々として進まないレジの列で私はそう祈りつつ、「元気を出すために、今夜はステーキでも食べるか……」などと思っているのだった。

某月某日

地震後、一週間。原発の状態は深刻。外国人はどんどん自国へ戻り、子供を持つ人は西日本へ避難したりしている。三歳の我が姪《めい》っ子も避難すべきかどうか、兄達と電話で話しつつ、

「こんな世になるとはね……」

とため息。

そんな中、地震後は予定していた食事会も軒並み中止、お芝居やコンサートも全て中止になっていて外出していなかったのが、初めて友人と一緒に食事をすることに。場所は広尾《ひろお》。もしもまた地震があって歩いて帰らなくてはならない時のために、歩きやすい靴をはく。バッグの中には、カロリーメイトとチョコレート、ホッカイロを忍ばせた。

広尾まで行くのが、大冒険のような気がしてくる。無事に到着するも、人通りは少ない。きっと店も空いているのだろうな、とドアを開けると、意外なことに満席。そろそろ皆、外に出たくなってきたということか。

一週間、家にこもっていたので、久しぶりに食べるイタリアンは美味しかった。しかし、東北地方などで壊滅的被害を受けた地がありながら、東京でこのような日常が営まれているという、そのアンバランスさに目眩《めまい》がする。日本経済のため

には、積極的に消費をしなくてはならないと言われているが、この目眩を避けるがために、我々は自粛をするのであろう。

しかし美味しさには勝てず、デザートまでたらふく食べた私。最近「食べておかなくては」という気持ちが強いのは、非常時における動物としての本能なのかも。きっと、「誰かと一緒にいたい」という本能も刺激され、結婚や出産も増えるだろうなぁ。

某月某日

震災とは全く関係なく、肩が痛い。Tシャツの着脱時などに支障を生じるこの痛み、もしや四十肩というやつでは……。とうとう来たか。

そんな中、友人達と集まって、地震と四十肩の話で持ち切りに。連帯というものは、決して幸福ではない体験を皆で分かち合うことによってより深まるのだ、ということを実感する。

母の日

某月某日

間もなく母の日。母亡き後、初めての母の日である。母の日が近づくにつれて活気づく花屋さんを見て、「もう花の手配をしなくていいのか」と気づく。

母の名代として、母の母、つまり私の祖母のところに行くことにする。祖母には、母が他界したことは伝えていない。既に年齢が三けたに達した人に、娘が先に逝ったことを伝えるのはあまりに酷、という判断。

お花。お刺身。新茶。ケーキ。カステラ。……等々を携えて祖母宅へ。昼寝から起きたばかりの祖母に挨拶すると、母か私か、判断がつきかねる模様。孫の順子であることを伝えると、

「あら順子ちゃん、大きくなったんじゃない？　よく一人で来られたわね」

と、いつもの感想を言う。この年になると、そんな風に子供扱いされることが

ちょっと嬉しい。母はどうしたのかと問うので、

「イギリスにボーイフレンドができたので、ロンドンに住んでるのよ」

と、いつもの返答。

「へーえ、そうなの。ずいぶん遠いところにいるわね」

「おばあちゃんもロンドン、行く？」

「私はもう飛行機は無理だわ」

などという会話を交わしていると、本当に母がロンドンにいるような気がしてくる。ま、実際にそういうことをやりかねない人ではあった。

祖母の隣に座って、手をつないでみる。一六五センチと、その年代にしてはスーパーモデル並みの身長の祖母は、手も大きい。私は身長は祖母よりぐっと小さいのだが、手の巨大さは母を通して受け継いだ。祖母と孫が、大きな手と手をつないでテレビを見る。しかし祖母の手の甲の、何と薄くなったことか。強く握ったらパリン、となりそう。

その後、持って行ったシュークリームをぺろりと平らげた祖母。やっぱり健啖《けんたん》家《か》は長生きするなぁ……。

某月某日

母の日。朝、丁寧にコーヒーを淹《い》れて、母が好きであったが故に私も好きなキャロットケーキとともに、仏前に供える。祖母宅に行った帰りはいつも、渋谷のディーン&デルーカでキャロットケーキ（ここのはおいしいと思う）を買うのだ。線香をあげながら、心の中でブツブツと真情吐露。母の生前よりも、没後の方が、母とよく会話をするようになった。昨年、ほぼぽっくり死に近い亡くなり方をした母であるが、考えてみればそれからの私は、「人生初体験」の連続であったなぁ……。

父が没した時も「親が死ぬ」という体験はしていたが、その時、葬儀だの何だのといった行為の主体は、母だった。しかし、残り一人の親が没すると、全権が子供に回ってくる。葬儀や様々な手続きなど、「これって父親の時、どうだったっけ？」「どうしたらいいの？」と、急な世代交代にあたふたしたものだった。「でもまぁ、何とか落ち着いてきましたワ」と、報告する。

花を栽培している親戚から、カーネーション等の花々が大量に送られてきた。母は、白いカーネーションを好むタマではない。華やかな取り合わせにして生ける。

それでもまだ大量に花はあるので、日頃お世話になっているご近所のおばさま方にお裾分け。母死去の時、たくさんの差し入れを届けて下さり、呆然《ぼうぜん》としていた私達きょうだいの空腹を満たして下さった方。いつも、「これ、食べない？」とおかずを届けて下さる方。ゴミ当番を代わって下さる方。ちびっ子時代から、私を見守っていて下さる方。母亡き後、かえって「おかあさん」が増えたように思う。

午後は、その花を持って墓参りへ。我が家の墓は新大久保《しんおおくぼ》にあるのだが、改札を出た瞬間に「しまった」と思う。今日はゴールデンウィーク最終日だった。お祭りでもやっているのか、という人出。

新大久保は、私の祖先が住んでいた頃は普通の住宅地だったのだという。しかし昭和末期からコリアンタウン化が進行。寺へと向かう商店街の放送が韓国語やら中国語やらでも流れるようになって、墓参りに行く度に驚いたものである。

韓流ブーム以降は、そこに観光客が加わるようになった。最初はヨンさま好きのおばさま方が多かったが、今はそこに韓流アイドル好きの若者も参入。老若女と韓国の人々とが入り乱れる観光地になったのだ。

しかし、かつて普通の街だった新大久保の歩道は狭い。そこを韓流ファン達が、日曜の原宿か夏の軽井沢《かるいざわ》かという感じでそぞろ歩くので、ちっとも前に進むことができない。「母亡き後、初めての母の日……」などとちょっとおセンチ気分で来ている私は、心の中で、「私は韓流ファンじゃありませんからっ。ただ墓参りに来ただけですからーっ」と言い訳しながら、観光客に揉《も》まれていたのだった。

やっと寺に着くと、外の世界が嘘《うそ》のような静寂。カーネーションを生けてお参りすれば、しばし落ち着いた気持ちになる。

が、一歩外に出れば、そこはやっぱり観光地なのであった。人を避けて裏通りに入れば、ラブホテル街の中にも韓国料理店や韓流アイドルグッズ店などがあって、観光客達が入り込んでいる。年頃の娘を連れたお母さんが、職安通り方面から流れてきたおじさんとすれ違いながらラブホテル街をそぞろ歩くのを見ると、

「もしもし、ここはあなたのような若い娘さんが歩くような場所じゃありませんよ」

と言いたくなる。

私もつい、韓国屋台で韓国おやつのホットクを購入して、歩き喰い。歌舞伎《かぶき》町《ちょう》に入れば、これから出勤なのか勤めを終えたばかりなのか、大量のホスト達が歩いており、さらに歩けばお洒落ゲイの姿が目立つ伊勢丹メンズ館。様々な

人々を懐深く受け入れる新宿ってつくづく好きだ、と思う。さて私も、伊勢丹で買い物でもするかな……。

某月某日

震災後、家にある井戸の存在を心強く思っていた私であったが、その後「この井戸、本当に水が出るのか?」という疑問が湧いてきた。考えてみたら私は今まで一度も、井戸に触ったことがないのだ。

井戸と言っても、もちろんつるべ式ではなく、ポンプ式。さすがにつるべ井戸が家にあったら、番町皿屋敷のようで怖いだろう。

井戸は家の裏手にあるので、普段は滅多に見ることがないのだが、「ためしに水を出してみよう」と、裏に行ってみる。なるほど、こんな風になっているのね。しかし井戸を前に、私は呆然とするばかり。どこをどうすれば水が出るっていうわけ? と。手でギコギコするのであろう取っ手を上下に動かしてみたが、水が出る気配無し。

再び家に入り、取り扱い説明書の束を探っていると、「井戸ポンプ」の説明書が出てきた。開いてみたものの、全ての取り扱い説明書を苦手とする私は、はなから解読しようという気概が無い。

井戸ポンプは大手家電メーカーの製品だったので、お問い合わせセンターに電話をしてみた。この手の電話は昨今、最初は案内テープの応対である。「冷蔵庫、エアコンについてお問い合わせの方は1を、洗濯機、乾燥機については2を……」といった音声が聞こえてくるが、「井戸ポンプ」という単語は出てこないので、「その他の製品」の番号を押すと、やっとオペレーターさん登場。

「井戸ポンプについてうかがいたいのですが」

と言えば、

「では担当の者におつなぎいたします」

とのこと。

家電メーカーにおける井戸ポンプ担当者というのは一体、どのような立場なのであろうか。エアコンや冷蔵庫を担当する花形部署と比べたら、井戸ポンプ課は明らかに、日の当たらない部署であろう。新入社員が配属などされようものなら、「ぷっ、お前、いきなり井戸課?」と笑われるのではないか……。

と考えていると、電話口に出てきたのは、どこかの地方の訛《なま》りが強い、おじさんだった。私の脳裏には、井戸一筋四十年的な、衣《きぬ》かつぎ状に脳天だけハゲているおじさんの姿が浮かぶ。井戸などもうあまり必要とされないだろうから、SLの運転士さんのように、定年後も嘱託として勤務している人かもしれない。名前は井口さんとか。

井戸の脇まで来て、井口さん（推定）に、「まったくわからないんです」と打ち明ける。電源は入っているか、エラーマークは出ていないか、等のチェックを受けるが問題無し。そこでふと、ポンプ脇に元栓のようなハンドルがあるのを発見。

「ひょっとしてこれ、ひねるんですかね」

と問えば、

「ひねらないと出ませんよ」

と井口さん。しかし長年触れていないせいか、ひねってもハンドルは動かない。

「固くて回りません……」

と訴えるも、

「うーん、それはこちらではどうしようもないっすね」

とのこと。ごもっともでございます。

「じゃ、どうにかして回して、それでも出なかったらまた連絡します」

と言ってみたが、そこで今までうっすら感じていながら自分の中で否定してきた不安を、井口さんに打ち明けてみることに。

「あのーこれ、電動式ってことは、地震なんかがあって停電になった時、水は……」

と言ったところ、

「そりゃ出ないっすよ」

と、井口さんはあっさり断定。

不安は的中した。ま、そんなことは井口さんに確認せずともわかりきってはいたのだが、断言されて改めて「あーあ」と思う。つまり今後地震が起こった時、停電になってしまったらこの井戸は役立たずということ。「断水はしたが、停電ではない」という極めて限られた時のみ、井戸は活躍することになる。

井口さんとの電話を切り、しばし井戸前に佇む私。頑張ってバルブを回してみる気にもならず。きっとイザという時は、ご近所の物知りの人がやってきて、電気がなくても井戸ポンプを動かしてくれるに違いない。……と希望的観測をして、その場をそっと立ち去ったのであった。

卓球

某月某日

家の近所に卓球場と思われる施設があって、かねて気になる存在だった。それというのも私は、中学時代は卓球部所属。エネルギーのかなりの部分を部活に注入するのが中学生という生き物であり、私もその例外ではなかったのである。そして今、私は昔とった杵柄《きねづか》をもう一度とりなおしてみたい、という欲求が抑えきれないお年頃。「卓球……、やりたい！」という思いが、むらむらと湧いてくる。

卓球場と思われる施設は、雑居ビルの地下。階段のところまで来ると、明らかにピンポン球を打ち合う音が響いてくる。「やっぱり……」と胸が高鳴るが、しかしそこから先の一歩がなかなか出ない。一歩踏み出す、ということに慣れていないのである。

階段上でさんざ逡巡《しゅんじゅん》していたのだが、その時に背後から人の気配。その人影に背中を押されるように、階段を降りてみると……。

やはりそこには、何台かの卓球台が置いてあり、人々が卓球を楽しんでいたのだった。ざっと見たところ、シニアの皆さん、もしくはちびっ子の姿が多い。受付の人に話を聞けば、卓球教室や個人レッスンをやっているとのこと。個人レッスンを申し込んでみた。うわぁ〜っ、楽しみ。

フェイスブックをのぞいてみると、同年代の友人は、テニスやゴルフを楽しむ人が多い。元卓球部という人は数多いけれど、その手の人も過去を隠して、テニスやゴルフのみならず、マウンテンバイクだのサーフィンだのといった格好いいスポーツをしているのである。「もっとみんな自分に正直になろうよ」と言いたくなる。

そんな折も折、フェイスブック上で中学時代の卓球部の先輩とつながった。美人で卓球も上手だったその先輩は、ちょっとクールで近寄りがたかったのだが、そのクールさがまた格好良くて、憧れたものだった。

「たいへんご無沙汰しております。実は私、卓球を再開しようと思っているんです！」

と熱いメッセージを送ると、その先輩も、大人になって以降もたまに卓球をしているとのこと。ネット上で同志に出会い、胸を熱くした。

某月某日

初めての卓球レッスン。とても緊張する。考えてみれば、「新しい世界に入る」ということ自体、ずいぶん久しぶりである。学生時代のように、自動的に新しい世界に入って行くこともなく、子供もいないので子供の成長とともに世界が変わっていくわけでもない。自分から動かない限り世界は変わらないのだが、生まれついての人見知りときているので、そうそうチャレンジングなこともしない私。「そうだそうだ、私はこういう『初めて』がものすごく苦手だったのだ」と、思い出しつつ、更衣室に入っていった。

卓球用のウェアなど当然持っていないので、適当なスポーツウェアを用意。棚の奥から引っ張り出した、中学時代に使っていたラケットも持って来ている。

考えてみるとスポーツウェアの世界も、ずいぶん変わった。昔は綿のウェアに汗ジミをつけつつ運動したものだが、今は化学繊維でできた速乾性のドライウェアばかり。汗ジミをつけながら運動している人など、どこにもいない。

特に昔の卓球部員というのは、白っぽい色のウェアを着てはいけないとされていた（球が白いから見えにくくなる、という理由）。夏休みの部活の時など、汗をかきすぎて濃い色のウェアには塩が浮かんだものだっけ。……などと思いつつ身につけたのは、オッシュマンズで急遽《きゅうきょ》購入した、ドライ素材のシャツである。

着替えを済ませると、いよいよ卓球台へ。どんなコーチが来るのかという緊張感は、クラス替えの後、担任の先生は誰なのかとどきどきする感覚に似ている。するとと、登場したのはものすごく若い、そしてジャニーズ系のコーチであった。普段の生活では絶対に出会わないタイプの青年と、いきなりピンポン球を打ち合うという、この不思議。

最初のうちはおたおたしていたが、次第に慣れて調子が出てきた。卓球のラケットが、杵柄としてフィットしてきたのである。コーチは、ついこの前まで大学卓球部の選手だったそうで、懇切丁寧に教えてくれる。お金を支払っているのだから当然ではあるのだが、一年間はほとんど球拾いばかりだった中学時代とは全く違うこの待遇。大人になるって素敵なことだなぁ。

そして指導されたとおりに打つと、確実に上達する感じ。「衰退」とか「減退」ばかりを感じる昨今、何かがレベルアップするという感覚も、久しぶりである。

上手な人と打ち合っていると、自分まで上手《うま》い気分になってくるのも、いい感じ。そしてさすがプロのコーチだけあって、褒め上手。「うまい！」「運動神経いっすね〜」などと褒められると、さらに頑張る気力が湧いてくるのであり、褒めて育てるって大事だ、と実感。

結果的に言うと、卓球レッスンは大変に楽しかった。汗だくになって（しかし汗ジミは無し）飲む水の美味しいことよ。次回レッスンの予約も、入れてしまった。

某月某日

震災後、初めて東北に行った。新幹線が仙台に近づくにつれ、目に入ってくるようになるのは青いビニールシート。瓦礫《がれき》が積まれて山となっている所もある。

仙台で仕事を終えた翌日、盛岡から山田線で宮古《みやこ》へと向かった。宮古にて、震災の被害を受けた三陸鉄道に乗ろうと思う。

三陸鉄道は、日本初の第三セクターとして一九八四年に開業した。宮古から久《く》慈《じ》まで、北に延びるのが北リアス線。釜石《かまいし》と盛《さかり》を結ぶのが、南リアス線である。

一昨年、私は三陸鉄道に乗り降りしながら、リアス式海岸を見て歩いた。その時に時間待ちをしていた島越《しまのこし》駅は、津波によって跡形も無いという。島越駅には大きめの売店があり、シーズンオフだったので私は売店のおばちゃんとおしゃべりしながら時間をつぶしたのだが、あのおばちゃんは大丈夫だったのであろうか。そして、リアス式海岸で会ったあの人は、あの少年は……。

南リアス線は今でも運休しているが、北リアス線の一部区間は、地震五日後から運転を再開した。それも三月いっぱいは、運賃は無料。震災前も決して経営は楽ではなく、様々な経営努力をしていた三陸鉄道であるが、地域の人々のために、という公共交通機関としての矜持《きょうじ》を感じる。

盛岡から山田線に二時間乗って、宮古駅着。JRの駅に隣接している三陸鉄道の駅に移動すると、接続が良く、間もなく発車時刻である。台風が接近していて、外は大雨。大雨洪水警報も出ているというが、雨女と言うより大雨女の私には、この言葉は耳慣れたものである。

切符を買い、駆け込むように乗車。平日の昼間だけあって乗客は多くないが、ちびっ子鉄道ファンが、お母さんと一緒に乗っているのが目に入った。彼もまた、三陸鉄道を心配する一人なのであろう。

三陸鉄道は、トンネルが多い。だからこそこの辺りは線路が大きな被害に遭わず、復旧が可能だったのだ。が、宮古から四駅目の田老《たろう》駅に着くと突然、目の前に「無」の光景が広がっていた。駅の前から遠くに見える海まで、何もなくなっているのである。

ここにはかつて、民家や野球場、松並木などがあって、海は見えなかった。それらを全て、津波が流し去り、海までが見通せるようになってしまったのである。瓦礫の撤去はだいぶ進んでいたが、まだあちこちに家や車やガードレールといったものの残骸が。

突然現れたその景色に、息を呑《の》むしかなかった。そのような景色のすぐ横で、動く鉄道に乗っているということ自体が、信じがたい。私にとって列車といえば、時に美しく、時にのどかな車窓を見せてくれるものであったが、今、窓から見えるのは、あまりにも残酷な景色のみ。それでも列車は、走っている。

それは反対に言うならば、三陸鉄道がいかに復旧に向けて早期に努力をしたかということであろう。震災翌日、社長自らが線路を歩き、被害を確かめたのだそう。停電で情報が全く入らなかった状況下において被害の状態は全くわからず、線路の先には「まさか」という景色が広がっていた。

終点の小本《おもと》駅（二〇一一年五月当時、三陸鉄道は、宮古—小本の間と、陸中《りくちゅう》野田《のだ》—久慈の間で運転中だった）は、一昨年の旅でも訪れた地である。この駅は無事であったようで、ほっとする。駅の中には、被害に遭った役場が、仮の事務所を置いていた。

三陸鉄道が動いているのは、一部の区間だけである。しかし、「動いている」ということ自体が、重要なのだ。線路とは地域にとって血管のようなものであり、そこを列車が走って別の地とつながることによって、地域は有機的なものとなるのではないか。たとえ短い区間であっても、動いている列車の姿は、我々の気持ちに灯をともす。

宮脇俊三《みやわきしゅんぞう》『時刻表昭和史』には、終戦の日の経験が記してある。この日、宮脇俊三は父親の仕事に伴って、米坂線《よねさか》の今泉《いまいずみ》駅にいた。そこで聞いたのが、天皇による玉音放送。日本は戦争に負けたのである。著者のみならず日本全体の、時が止まった瞬間である。

しかしそれでも、米坂線は動いていた。今泉駅には時刻表通りに、汽車がやってきたのである。「こんなときでも汽車が走るのか」と、著者は驚く。そして、「汽車が平然と走っていることで、私のなかで止っていた時間が、ふたたび動きはじめた」

のである。

列車は、車のように一人で好きな時に動かすことができるものではない。運転士さんのみならず、保線をする人、車両整備をする人など、様々な人の思いが、あの大きな物体を動かしているからこそ、列車の存在感は優しいのだ。

鉄道の復旧には、莫大《ばくだい》な費用がかかる。しかし、地震の被害を受けた地において、列車が動いているという安心感がこの先も消えないでいてほしい。……そう思いつつ、戻ってきた宮古駅にて、三鉄グッズを買い込んだ。

〈追記〉その後、二〇一二年四月には北リアス線の田野畑《たのはた》—陸中野田間で、二〇一三年四月には南リアス線盛—吉浜《よしはま》間で運転再開。二〇一四年には、北リアス線・南リアス線全線で運転再開。

節電

某月某日

ある雑誌の仕事で、山陰本線に乗りながら、鳥取→島根→山口と旅をしている。山陰は、実は民芸どころ。途中下車をしながら窯元を訪ね歩くのが楽しい。

出雲の出西窯《しゅっさいがま》においても、この土瓶も可愛《かわい》い、あの片口も欲しい……と、買い物に夢中になった。小学生の時は、サンリオショップにて同じ状態になったものだったっけ。いくつになっても、女はサンリオの代替品を求めている。

しかし我々は、鉄道の旅をする身なのであった。次に乗る列車の時刻は、決まっている。山陰本線は、本線とはいえ運行本数が非常に少ない。その上、出雲以西は山陰本線の中でも出色の絶景区間が続くので、乗り遅れるわけにはいかないのだ。

「もう出ないと間に合わないっ」

とあせりつつも、買ったものを宅配便で送る手配をし(陶器を持ち歩きながらの旅は絶対に避けたいところ。宅配便って素晴らしい)、駅へ向かうタクシーに飛び乗った。

出雲市駅でタクシーを降り、駅構内をダッシュ。乗るべき列車に駆け込む。

「間に合った!」「よかった!」と、一同ホッとした。

それはちょうど、高校生の下校時。ボックスシートには高校生が一人か二人ずつ座っている。地方の列車では、四人掛けのボックスシートに一人か二人座っていると、よほど混んでこない限り、他の人は空いている席に座ろうとしない。人口密度の低い地方においては、四人掛けの席にきっちり四人座るなど、考えられないのかもしれない。

息せき切って列車に乗り込んだ我々は、計四人。ぜいぜいしながら端っこまで歩いて空いたボックスを探したが、どのボックスにも一人か二人、高校生が座っているので、四人で座れる席が無いのであった。

と、その時、

「どっ、どうぞ!」

と、一人でボックスシートに座っていた女子高生が、決然と席を立った。

「あっ、あのっ、やっぱり若者は席を譲らなくちゃいけないと思うんで！」

　と、その子は自らに言い聞かせるようにしている。おそらく、山陰本線で通学している学生達は、満員列車（ちなみに山陰本線はほとんど非電化なので、満員〝電車〟ではない）に乗ったことが無いに違いない。彼女にとって「席を譲る」というのは、生まれて初めての経験なのかも。

　しかし生まれて初めてだったのは、女子高生だけではない。大人とはいえまだ老人ではない（と、思っている）私にとっても、列車で若者から席を譲られたのは、生まれて初めてなのだ。女子高生と私達は、互いに初体験同士でドギマギ。結果私達は、

「いいのいいの！　座ってて！　でも一緒に掛けさせて！」

　と、女子高生を座席に押し付けるようにして、空いていた三席に腰掛けてしまった。あぶれた一人は、隣のボックスへ。

　自然に彼女と会話が始まったわけだが、彼女は出雲にある高校の一年生だということ。文芸部に所属する、黒髪で色白の、素朴な女の子だった。明らかに地元の人ではない大人四人が、いきなり息を切らしながら登場したのでおおいに戸惑ったのだろうと思うが、それでも明るく私達の質問に答えてくれる彼女。透明度

の高い夏の日本海をともに眺めつつおしゃべりした後、女子高生は大田市《おおだし》駅で下車していった。

彼女が下車した後、私は車窓を眺めつつ、「とうとう私も席を譲られたか……」と、感慨に耽《ふけ》ったのであった。もちろん彼女は、老人や妊婦だと思って譲ってくれたわけではない。「四人連れの大人が、座りたそうにしている。対して私はまだ若くて、一人でここに座っている……ってことは、席を譲らなくてはならないだろう」と思ってくれたわけで、そこには「年長者を敬う」という心理がある。敬ってくれてありがとうよ……。

この先、妊婦として席を譲られる機会はまず無いであろう私。すると今回の経験は、本物の老人となってマンツーマンで初めて席を譲られる時の予行演習となるのかも。

本物の老人として初めて席を譲られるというのは、相当ショックな体験なのだと思う。たとえ老人パスで乗っていようとも、「私、もうそんなおばあさんに見えちゃうんだ」「ここで座らないと、『何を若ぶっていやがるのだ』とか思われるのだろうか」といった思いが交錯し、泣き笑いの顔になるのでは。

お年寄りに席を譲った時、喜んで座っていただけると、大変嬉しいものだ。対して、かたくなに固辞されたり不快そうな顔をされたりすると、譲った席に再び座るのも格好悪く、居心地が悪くなるもの。「老人になったらきっと、若者が譲ってくれた席に快く座るように、つまりは老人としての自己を客観視できるようになりたいものよ」と思う。

今日、席を譲ってくれた女子高生は、私が八十歳になったら五十歳くらいか。その時彼女が席を譲ってくれたら、今度こそ大喜びで座りましょうぞ……と、日本海に誓ったのであった。

某月某日

今日も暑い。が、私はクーラーを入れていない。ちなみにこの「クーラー」という言葉、ほとんど古語らしい。今時の人は「エアコン」と言うそうですね。冷房（これくらい古語になってしまえばもういいだろう）を入れない理由は、もちろん節電のためである。東日本大震災による電力供給不足で、戦争を知らない我々は、人生初の節電ライフに突入したのだ。

震災直後、「皆で節電しないと大規模停電になってしまう」という事態になった時、私はおおいに罪悪感に苛《さいな》まれた。実は我が家は、オール電化ハウス。何をするにも、いちいち電気の力を借りなくてはならないのである。湯を一杯沸かすという時も、電気を大量に喰うというティファールの電気ケトルのスイッチを入れてしまう私は、世間様に、そしてお天道様に申し訳ない気持ちでいっぱいに。

言い訳をするならば、この家は親の老後用にと建て直したものなのだ。この先どんどん年老いていく親が暮らすにあたって、何より心配なのは火事。「オール電化なら、火を使わないから安心だ」ということになった。しかしその親は、火事を出しそうになる前に他界し、今回の震災のことも知らない。

「いやはやお母さん、こんな節電の世になるとは思ってもみなかったね……」

と、仏壇の母に語りかける。

震災後、

「実はうち、オール電化でして」

と言うと、皆が「あぁ〜」と、残念そうな声を出す。その時に私を見る目は、非難と哀れみが混じったような、すなわち国賊を見る目のように思われるのは、気のせいなのか。

ただでさえ我々東京の民には、東京電力の管轄外の福島県に、東京電力の原子力発電所があったということに対する申し訳なさがある。さらに我が家は地震直後の計画停電の範囲外だったのであり、停電することなくオール電化生活を続けてしまったのだ。「我が家も停電にして下さい！」とお願いしたいような気分。

そんなわけで私は、せっせと節電に励んでいる。使わない家電のプラグを抜いたり、洗濯機にいっぱいになってからまとめ洗いをするのはもちろんのこと、今までは夜につけていた門灯もオフ。ドライヤーも使わず、髪は自然乾燥（乾くまで起きていようと思ったら、かなりの宵っぱりになってしまった。その分、電気をつけているので節電になっていないのかも）。すると、電気代がみるみる下がってくるのが楽しい。

それでも、四月、五月になれば東京では暖房を入れずに済む日々が続き、節電のことをあまり考えないようになった。節電行為も習慣化したので、頑張って節電という感覚も薄れてきたのだ。

……が、そこにやってきたのが、夏。この暑さをどうやって乗り切るべきか？

暑さは、寒さよりも強敵である。以前、路上生活者のおじさんが、

「冬よりも夏の方がキツい。冬は着れば何とかなるが、夏はどうにもならん」

と言っているのを聞いて「なるほど」と思ったことがある。私も年中旅をしていて思うのは、真冬の旅よりも真夏の旅の方がうんと過酷だ、ということ。脱げ

ばいいというものではないのである。

兼好が『徒然草』にて、

「家の作りやうは、夏をむねとすべし。冬は、いかなる所にも住まる。暑き比《ころ》わろき住居《すまひ》は、堪へ難き事なり」

と書いたのも、まさにそのことを示しているのであろう。冬はどうにかなる、問題は夏だ、と。

しかし我が家は、「夏をむね」としていなかったのだ。居間のサッシに、網戸が無いのである。

冷房をつけずに夏を過ごすための第一歩は、「窓を開ける」から始まる。しかし亜熱帯化が進むという日本において、蚊は大敵。網戸無しには窓を開けていられない。特に我が家の庭は、温暖化が始まるずっと前から、蚊の歩行者天国状態なのである。

だというのになぜ、居間に網戸が無いのかといえば、居間だけが洒落た木製サッシになっているから。木製サッシには、網戸がつけられなかったのだ。

節電の夏が来ることなど予想だにしていなかった時に家を建てていて、

「こちらのサッシにすると網戸はつけられませんが……」

と業者さんに言われた時、暑さが異常に苦手で冷房ライフを夢見ていた母が、

「どうせ夏に窓は開けないでしょう？」

と言っていたような気がする。嗚呼、こういう人がいるから東電は他所《よそ》の陣地にまで原発を造らなくてはならなかったのではないか。

木製サッシは、何せ洒落ているので高価だった。故に、予算の都合上、居間にしか入れることができなかったのだが、まだ居間だけで本当によかった。家中に網戸が無いという状況だったら、この節電の夏をどのように過ごせばよかったのか。前世はメコン川流域辺りで生まれたのではないかと思えるほど暑さと湿気に強い私は、窓を開けられないのが居間だけであれば、何とかノー冷房でも過ごせるのであった。熱中症の兆しも、全く無し。

震災以来、心の中には「申し訳ない」という気持ちが、しんしんと降り積もり続けている。〝東京〟電力のせいで、福島の皆さんにとんでもない迷惑をかけて申し訳ない。オール電化で申し訳ない。停電にならなくて申し訳ない。普通に生活をしていて申し訳ない。ろくに被災地の役に立たずに申し訳ない……。そんな申し訳なさが、ノー冷房生活によって室内に溜まる熱で溶けるかといったら、全くそんなことはない。しかしそれでも、冷房をつけてしまったらさらなる申し訳

なさが降り積むようで、スイッチに手が伸びないのであった。

……あ、でも深夜電力タイムになったら、ちょっとだけ冷房入れてるんですけどね、ええ。

カブト

某月某日

今日は祖母の誕生日。祖母宅に、従兄弟達《いとこ》と集まる。

従兄弟の奥さんが用意したケーキに立っているロウソクの数字は、「1」「0」「1」。そう、祖母は今日で一〇一歳。

「ケーキ屋さんで『101です』って言ったらギョッとされたわよ〜」

とのこと。

私の全ての知り合いの中で、祖母は最高齢者。一〇一歳の人の誕生日を祝うのも、もちろん初めてのことである。

とはいえ去年の誕生日も、一〇〇歳の人の誕生日を祝うのは、生まれて初めてだったのだ。父方の祖母も長生きだったが、惜しいことに九十九歳で没。「一〇〇歳の壁を超えるのはハードなことだ」と思っていたが、母方の祖母が頑張ってくれた上に、一〇一歳にまで到達したのである。

ちなみに一〇〇歳の時は、都知事からの記念品と、首相からの表彰状をいただいた祖母。一〇一歳の時は、区からのお祝い金が届いた。しかし予算削減の折、一〇〇歳以上の人に対するお祝い金制度は今年いっぱいらしい。

誕生日の今日、祖母の体調は思わしくない。つい二週間前は、ベッドから起き上がって一緒にケーキを食べ、

「順子ちゃん、暗くなる前に早く帰りなさいよ」

などと言っていたのだが、今日はベッドから起き上がらず、ずっと眠っている。誕生日のプレゼントに、ベッドに寝たままでもよく見えるようにと、大きな数字が書いてある時計を用意したのだが、その時計を見ることはできないようだ。

それぞれが不安な気持ちを胸に抱きつつも、目を覚まさない祖母をとりまくようにして、私達は「ハッピー・バースデー」の歌を歌い、ケーキを食べた。

祖母はもともと大女なのだが、この一年ほどの間に、痩せてきている。肉も魚もお菓子も食べるけれど、これが自然の摂理というものなのか、少しずつ、小さくなってきているのだ。

ほっそりとした祖母の身体は、戦後に建てたこの家よりも、その家の中にある

どの道具よりも、古い。壊れることも破けることもなく無傷のままで、四人の子供を世に出した肉体は、少しずつその機能を失いつつある。

明治の時代に生を享《う》け、地震や戦争をくぐりぬけて一〇一年。祖母は先日の東日本大震災も経験したわけだが、

「地震、怖かった？」

と聞いたら、

「そうでもなかったわよ」

と平然としていたものだ。一〇一年間、この心臓は動き続けていたのだなぁと、小さく上下する祖母の胸を眺めつつ、思う。

昨今、身体のあちこちが痛くなったり不具合だったりする私は、とても一〇一年間も身体を機能させ続けることなど不可能であろう。祖母はずっと目を覚まさずに眠り続けているが、もう十分におばあちゃんは頑張った。もしかしたらもう、祖母は目を覚まさないかもしれない。しかし目をつぶって何も話さなくとも、呼吸をしてそこにいるだけで、確かな存在感がそこにはある。

某月某日

我が家に新しい仲間達がやってきた。それは、毛が生えた生き物ではない。厳密に言うと少しだけ肢《あし》などに毛のようなものが生えているように見受けられるが、少なくとも哺乳類ではない。彼等は、昆虫なのである。

ひょんなことで我が家にもらわれてきた彼等の名は、カブトムシ。箱の中でカサカサと音をたてている。私には全く昆虫趣味は無いのだが、これもご縁というものだろう。雄のカブトムシ（ツノみたいなものがついているので雄だと思う）三匹を、お迎えした。

その昔、兄がカブトムシを捕ったりもらったりしたことはあるのかもしれないが、自己責任においてカブトムシを飼うのは初めて。と言うより、自己責任において何らかの生き物を飼うこと自体、初めてである。親と住んでいた時代に飼っていた犬や猫は、ただ好きな時に可愛がっていただけだったしなぁ。

カブお、カブじ、カブぞうと命名してみるも、三匹ともソックリさんなので、誰が誰やら全くわからない。「カブお達」と総称してみる。

昔はカブトムシの餌というとスイカを思い浮かべたものだが、今は昆虫ゼリーというものがある。こんにゃくゼリー状の容器に入っていて、樹液味がするらしい。虫飼育容器に、おがくずや木の枝とともに昆虫ゼリーを入れて、カブお達に箱から引っ越していただく。「むむ？　ここは？」という感じで動き回る彼等。

カブお達は、見ていて飽きない。しかし、黒光りする威容を誇るという意味ではゴキブリとほぼ同じであるのに、カブトムシは昆虫の王様とも讃《たた》えられ、ゴキブリは蛇蝎《だかつ》もしくはそれ以上に嫌われる。この差はどこでつくのか。

希少価値の違いは、もちろんあろう。カブトムシは豊かな自然の中にしか住んでいないために発見困難で、買おうと思ったらかなりのお値段。対してゴキブリはいくらでも繁殖し、呼んでもいないのにどこにでも顔を出す。

態度の違いも関係していよう。カブトムシは、ゆったり堂々と動いており、王者の風格を漂わせている。対してゴキブリは、物陰や端っこをコソコソと早足で動き回るところが、いかにも安い！

しかし果たしてどちらが幸せなのだろうか、とカブお達を見ていたら思えてきた。カブお達が、元々は自然の中にいて捕獲されたのか、それとも人の手によって幼虫から育てられてきたのかはわからない。が、彼等は狭い容器の中でわずかな木の枝とともに過ごさざるを得ないのに対して、ゴキブリは人から嫌われている上に常に命を狙われてはいるけれど、嫌われ者であるが故に、絶対に人間に飼育などされない自由の身。

私は動物園や水族館が苦手なのだが、それは動物や魚が本来いるべきでない場所にいるのが、可哀想でたまらないから。大きな熊が檻《おり》の中で同じ動作をくりかえしていたり、魚が水槽の中で泳いでいたりするのを見ると、「彼等はどれほど故郷に帰りたいだろうか」と、胸を締め付けられる。動物園の中で生まれ育っている動物も多いのだろうが、その場合は大自然を知らないということが、悲劇であろう。

もしも人間が同じことをされたら、それは虐待となる。自分の身体の数倍しかない空間に閉じ込められ、人目にさらされるなどということは、決して許されないのである。

動物を檻の中で飼うということは、人間が動物や魚達のことを「同じ生き物」ではなく、「自分より劣るもの」として捉えているからこそ可能な所行。人間が生き物の世界で唯一の絶対的な存在と思っているからこそ、人間は生き物を飼い、生き物を殺して食べる。「より自然に近い飼育環境」を標榜《ひようぼう》する動物園や水族館もあるが、それは人間の思い上がりでしかないだろう。

カブトムシを飼う私も、檻の中に熊を閉じ込める人と同じである。カブお達は寝ている時間も案外長いが、目を覚ますと脱出を試みたり、飛ぼうとしたりしている。しかし彼等はどれほど頑張ってもプラスチックの壁と天井に行く手を阻まれ、決して好きなように動くことができないのだ。
「こんな狭い空間の中で、男だけで生活させてごめんよ……」と、彼等を見ていると申し訳ない気持ちでいっぱいに。それでも飼い続けるのは、私が人間だからなのであろう。

某月某日
祖母の訃報が届く。それは一〇一歳の誕生日の二日後のこと。あの時、皆が心の中に抱いていた嫌な予感は、意外なほど早く的中してしまった。
もちろんそれは、大往生以外の何ものでもない。祖母宅へ向かうと、静かに寝ている祖母は、穏やかな微笑《ほほえ》みをたたえている。自宅で最期を迎えるというのは、今時とても幸せなことであろう。祖母はもう、目を開けて私達を見ることはなく、ひたすら皆から見られるだけの存在となっている。
既に一世紀を生きた祖母がこの先、五年も十年も生きられないことはわかっていたが、元気だった祖母を見ていると、「この人は、死なないのでは？」という気もしたもの。しかしやはり死は、誰の上にも平等に訪れた。

祖母は、私にとって心のどこかでもたれかかることができる存在であった。ほとんど寝ていようと、おかしなことを口走ろうと、親が世を去ってからは特に、祖母から「順子ちゃん」と呼ばれて心配されることが嬉しかったものだ。祖母はその物理的な大きさのみならず、「なにか大きなもの」だった。

私のみならず、たくさんの子や孫や曾孫《ひまご》達も、同じ感覚を抱いていたのであろう。一族の中心となっていた祖母が旅立ち、集まってきた子孫達の顔ぶれを見ていると、祖父と祖母が築いた一つのファミリーの歴史が終わったことを感じる。が、別のファミリーの歴史へと、それはつながっているのだ。ま、私はつなげてないけど……。

今まで祖母には、母が他界したことを知らせずに、「今は香港に行っている」とか「イギリスでボーイフレンドができたんだって」などと言いながらごまかしてきた。が、祖母が旅立ったのは母の命日の翌日。迎えに来た母に、

「やっと会えたわねぇ！　こんなところにいたの」

と一年ぶりの再会を果たし、香港でもイギリスでも、共に旅行していることだろう。

いずれ私も、その旅行の仲間に加わるからね〜、とお線香に火をつける。鈴《りん》をチーンと鳴らした余韻が、長く残っている。

家に戻ると、ゴソゴソと蠢《うごめ》いているカブお達の気配が。おお、君達はちゃんと生きているか。そうかそうか。……と、健気《けなげ》な三匹に励まされ、彼等の前にしばし佇む。カブトムシの甲冑《かっちゅう》のようなボディー、ツノ、肢の、何と精巧にできていることか。生きているってまぁ、奇跡みたいなものなのだなぁ……と、カブお達の長命を祈る。

白髪

某月某日

駅までのバスに乗ったら、運転手さんが女性だった。驚いた。

長年バスには乗っているが、運転手さんが女性であったことは初めてである。女性のタクシー運転手さんには最近ではたまに出会うが、バスの場合は、かなり珍しいのではないか。

びっくりしたついでに確認すると、その女性運転手さんは三十代前半くらいか。なかなかの美人。しかし、女性が珍しい仕事についているのを見ると、つい年齢とか美人かどうかを確認せずにいられないのは、完全におっさん目線というものであろう。

「女性初の○○誕生」という記事が、昔はよく新聞に載っていた。男性にしか門戸を開いていない職場、当然女はしないものと思われていた職業というのが多々あって、その手の〝メンズクラブ〟に女性が初めて足を踏み入れると、「女性初の○○」ということで、新聞記事になったのである。最近、その手の記事がめっきり少なくなったということは、様々な世界に女性が進出してきたことの証か。

反対の現象も、起こっている。「女性がするもの」と思われていた職業に男性がつくことも、今や全く珍しくない。「看護師」「保育士」は、昔は「看護婦」「保母」であったわけで、女性の仕事とされていたもの。しかし今は男性も進出して、呼び名も変わった（しかしなぜ、看護は「師」で保育は「士」なのでしょうね）。

化粧品の販売員さんにしても、昔は女性以外は考えられなかった。化粧品売場は、女だけの秘密の花園だったのである。

が、今デパートに行くと、男性が化粧品売場に立っている。彼等は、販売員というよりメイクアップアーティストなのかもしれないが、ちょっとオネエ系の男性が、女性客に化粧品をすすめているのである。

この、オネエ系の人々の台頭が、男性の職業選択の幅を広くしているような気がする。女性ならではの仕事においても、オネエ系男性の場合は、女性以上の感性、能力を発揮する場合が多々あるのだ。

某ヨーロッパ系航空会社では、男性ＣＡが多いのだが、彼等の多くはゲイなのだそう。確かに、女性のホスピタリティと男性の体力を併せ持つ彼等は、ＣＡに適役なのかも。

女性としての繊細さや優しさ、そして男性としての体力が両方必要となる職業は、他にもあろう。看護師にしても保育士にしても、その一つ。もはや「女だけがする仕事」ってないのかも。そのうち、女性下着売場にも男性が進出する時が来るのでは……？

などと考えているうちに、バスは駅に着いた。運転も非常にスムーズで、乗り心地よし。心の中で「頑張ってね〜」と運転手さんに声をかけて、バスを降りた。

某月某日

シミやシワは人並みでも、白髪《しらが》は少ない方だと思っていた。鏡を見ていて目視できる範囲には、あまり無い。後頭部に少しあるけれど、見つけたら抜いていればＯＫ、と思っていたのだ。

しかしふと、合わせ鏡で自分の後頭部を見てみて、ギョッとする。ある箇所に、白髪が相当量生えているではないか。これを抜いていたら、ほとんど円形脱毛症になってしまう。下りエスカレーターで私の後ろに乗った人は、私の後頭部を見て「ああ、酒井さんも……」とか思いながら、今まで黙っていてくれたのだなぁ。

どうすべきなのかと美容師さんに聞いてみると、

「普通のマスカラでいいから、ちょちょっと塗って隠せばいいのよ」

とのこと。なるほど、そうなのか。

しかし私は、他の化粧品には頓着しないが、マスカラだけは資生堂の高級品を使用している。「これを日々、頭部に塗るのも勿体《もったい》ないではないか」と思い、「それ用」の商品はないのかと、ドラッグストアに行ってみた。

ヘアカラー商品コーナーには、今まで立ち入ったことが無かった私。こんなにも色々な商品があったとは。

ヘアカラー商品は、二種類に分かれる。若者が髪の色を変えるために使用するものと、中高年が白髪を染めるために使用するものである。両者のコーナーは隣り合っているので、髪を染めようとしている若者のフリをしてみるも、そんなフリが通じるのは自分に対してだけ。

少し前まで恋愛ドラマに出ていたような女優さんも、旬を一瞬でもすぎると、白髪染めのコマーシャルに出る昨今。白髪染めメーカーとしては、できるだけ洗練された女優さんを宣伝に使用することによって、「白髪染めを買う」という事実に対して落ち込みがちな消費者の気持ちを、励まそうとしているのであろう。探していると案の定、頭用のマスカラのようなものは存在した。値段も、高級マスカラよりもグッと安い。よし、これだ。

……とレジに行こうとした時、私の中に湧いてきたのは、懐かしい恥ずかしさだった。生まれて初めて白髪用品を買う自分が、何だか恥ずかしい。この恥ずかしさは、生まれて初めて生理用品やら妊娠検査薬やらをドラッグストアで買った時の気持ちと、似ているではないか。初めてシュミテクトを買った時だって、「歯周病が気になるお年頃」がバレるのが恥ずかしかったものであった。

ドラッグストアの思い出は、恥ずかしさとともにある。慣れてしまえばどうということはなくても、初めて買う時は死ぬほど恥ずかしい、というものがここにはたくさん売っているのだから。自分では恥ずかしくて買えないけれど、友達のだと思うと平気で買うことができるものもあり、妊娠検査薬も何度か友達の代理として買ったものだったっけなぁ。

男性もまた、同じような思い出を持っているのであろう。初めてコンドームを買う、とか。水虫とか痔《じ》の薬を初めて買う時だって、恥ずかしいかもしれない。

そしてドラッグストアの店員さんは、ドギマギしながらレジに来る全ての客を、無表情で迎えてくれるのだった。ドラッグストアの店員さんに、愛想は必要無い。消費者は、恥ずかしい商品の価格を満面の笑みで読み上げてほしくないのだ。歯ブラシであろうとコンドームであろうと、店員さんは表情を変えずにレジを打ってくれさえすればいい。きっとドラッグストアではまず最初に、「無表情であるべし」と習うのだろうなぁ。

生理用品など、恥ずかしい系の商品を買う時は紙袋に入れてからレジ袋に入れてくれたり、またダークで透けないレジ袋に入れてくれる店もある。が、特別扱いをされると、「恥ずかしい商品を買っている」という意識がそこで増幅される。最初から全部、ダークなレジ袋に入れてくれればいいのに。

白髪用マスカラみたいなものを持ってレジに並んだ私は、少し恥ずかしがっている。レジの人は、この商品を「恥ずかしいもの」と認定して、紙袋に入れてくれるのだろうか。いや、白髪はそこまで恥ずかしいものでもないだろう。

そんなことを思いながら、私の前に並んでいたおばあさんが持っているものを見たら、それはポリグリップであった。嗚呼、このおばあさんもきっと、初めてポリグリップを買う時は、恥ずかしかったに違いない。そして、「私もこんなものを買うようになって……」と、思ったに違いない。

私もしばらく時が経てば、この列にポリグリップを持って並ぶのであろう。私の後ろに並んでいる若い女の子は、唇がまるで整形したように見えるという触れ込みのグロスを手にしている。整形したように見えてしまっていいのか、もはや自然に見えなくてもいいんだ……という私の考えは既に古いものなのであり、整形リップを求める女の子は、いつか自分が白髪染めを買う日のことなど、夢にも考えていない。

某月某日

秋田の山奥の秘湯にやってきた。こんなに良い温泉があったとは。まだまだ知らないところはいっぱいあるなぁ。

夕食は、宿の女将《おかみ》の手作り。近くで採れた山菜やキノコをたっぷり使っていて、とても美味しい。

膳の上に、何だかわからない料理が入った小鉢があった。つぶつぶ状のものが少量入っているのだが、草なのか穀物なのかもわからない。

聞いてみると、

めてである。

「蜂の子です」

とのこと。ああ、これがあの……と思うが、実際に蜂の子を食べるのは初めてである。と言うより、昆虫を食すること自体、初めて。

様々な経験を積むと、「生まれて初めて食べる」というものが少なくなってくる。年配の方の場合は、「生まれて初めてハンバーガー（とか、ピザとか）を食べた時、世の中にこんな美味しいものがあるのかと思ったね」的なことをおっしゃるが、我々世代だと、その手の欧米系料理も、物心ついた時から食べているので、初めての感動を記憶していない。

私の中で、最も鮮明に「世の中にこんなに美味しいものがあるのか！」という記憶が残っているのは、金山寺《きんざんじ》味噌を食べた時である。

金山寺味噌とは、和歌山などの名産で、味噌に刻んだ瓜、茄子《なす》、生姜《しょうが》などを混ぜ込んで漬けた、おかず味噌の一種。胡瓜《きゅうり》につけたり、白いご飯のお供にしてもいいのだが、私がこの味噌を初めて食べたのは中学生の時だった。お土産《みやげ》でいただいた味噌を初めて舐《な》め、その甘さと食感の複雑さに「こんなにアメイジングな味噌がこの世にあったとは！」と感動し、しばらくは金山寺味噌が無くては夜も日も明けない、金山寺味噌ブームが続いたものだ。

それからも、「生まれて初めて食べたもの」はたくさんあったはずなのだが、金山寺味噌以上の感動には出会ったことが無い私。では今回の蜂の子はどうなのであろうか。

それは、さほど虫っぽくはない見た目だった。小さな豆くらいの物体を、少し緊張しながら口に入れる。甘辛く味つけしてあって、噛《か》めばタンパク質であるということが理解できる味。美味しい。ご飯にも合う。

意外にスムーズに昆虫食がクリアできたわけだが、しかしやはり今回も、金山寺味噌超えとはいかなかったようだ。「こんな美味しいものがあったとは！」という、あの新しいドアを一枚開けるような感覚を得るには、私はもうスレすぎてしまったのかもしれない。

四十五歳

某月某日

秋になって、我が家に三匹いたカブトムシ達が一匹、また一匹と他界し、最後の一匹となってしまった。しかし、カブトムシの死というのは、どうにもわかりづらい。全身が黒茶色なので、顔色では判断できない。身体の艶の変化も、さほどない。体温も感じられないので、「冷たくなっている」という感じでもない。ただ、動かなくなっている個体を、「死んでしまったのかしら？」とつついてみるのだ。

そして今日、最後の一匹が死去した。虫通の人に聞くところによれば、カブトムシは秋になると死んでしまうものなのだそう。とはいえ、夏をともに過ごしたカブお達が死んでしまうのは寂しい。

それがカブおか、カブじか、カブぞうかはわからないのだが、最後に残った一匹は、死の前日にも、外に出たそうにしていた。プラスチックの飼育容器の中に立てかけた木の枝の上まで上り、天を仰ぐかのように四肢（正確には六肢）を、動かしていたのだ。

その姿を見て、私は彼にひたすら謝っていた。こんなところに三匹も押し込めてごめんよ。他の二匹が死んだ今となってはさぞや寂しいことだろうよ。そしてお前も早晩、他界することだろう。こんなところで一生を終えさせてしまってごめんよ……。

その翌日の、死。今までの二匹と同様、紙に包んで庭に埋葬する。今まで、飼い猫二匹と、犬一匹（の、お骨）を埋葬してきたこの庭。虫を埋葬するのはそういえば初めてかも。カブお達よ、やすらかに眠れ。そして次に生まれてきた時は、自然豊かな森の中で、決して人間につかまらないように羽ばたいておくれ……。

某月某日

四十五歳の誕生日である。日付けが変わった瞬間から、フェイスブック上において、友人知人から「おめでとう」というメッセージがばんばん来るのは、プロフィールに誕生日を入れておくと、「今日が誕生日の人」みたいな欄に、自動的に名前が載るから。何だか、突然ものすごい人気者になったような気分になるが、そういうわけでもないのだった。

　何歳であっても、誕生日に迎える年齢は、「生まれて初めて」のものである。四十五歳も、私にとっては生まれて初めて。そして、四捨五入すると五十歳という圏内に突入するのも初めてのこと。

　十年前、三十五歳になった時は、「ということは、そう遠くないうちに四十歳なんだ！」ということに、たいそう驚いたものである。三十代前半まではダラダラと二十代気分を引きずっていたのが、そうこうしているうちにもう四十代とはねぇ！……というビックリ感をもって書いたのが『負け犬の遠吠え』という本だったのだ、そういえば。

　それから十年、早かった。「アラフォー」という言葉も流行り、「私、アラフォーなんですぅ」と便利に自称していたが、もうとっくにアラフォーでもなくなっていたのだな。

　私の場合、大台に乗った時よりも、大台の五年前に、いつも何がしかのことを感じているようである。五歳とか十五歳の時のことは、あまりに昔すぎて既に前世の記憶化しているが、二十五歳の時は会社員だった。明らかに自分に向いていていないと思われた、会社員生活。会社を辞めるか否か。辞めるとしたらいかなる理由づけで……？　と悩んでいた時、ふと「十年後にも私は、会社員をしていたいのであろうか」と思ったのだ。十年後といえば、三十五歳。「三十五歳で会社員か……。やっぱ、嫌だ。書いていたい」とその時に心が決まり、専業物書きになることにした私。

時はバブル崩壊時。今の私が二十五歳で会社を辞めようとしている私を見たら、「辞めるなんてもったいない！　正社員って、ものすごい既得権益なのに！」と肩をゆさぶるところだが、若い私は何も恐れることなく、間もなく不況となる日本社会に、一人で出て行ったのである。

その十年後、私は二十五歳の時に考えたように、「三十五歳の物書き」になっていた。そして前述のとおり、「あれっ、もうすぐ四十歳？　てことは私、中年？」ということに気づいてあたふたと。

そこからさらに、十年。さすがに、「自分は中年なのかどうか」で迷うことはなくなり、どっぷりと中年期を迎えている。が、五十代を五年後に控えると、「そろそろ中年ですらなくなってくるのでは？」という気もしてくる。五十代というと、既に初老という範疇《はんちゅう》に入ってくるのかも。

するとー気に、視界が開けるような気がするのだった。ミッドライフクライシスというものは、スタート地点もゴール地点も見えないからこその不安なのであろうが、五十代というと、もはや遠くにゴールが見える感じ。長寿と出るか短命と出るか、ゴールの設定が難しいところだが、「とりあえずは、折り返し点は過ぎたということにしておこう」と、誕生日ケーキを食べながら思う。……誕生日ケーキって、やっぱり嬉しいものですね。

某月某日

昨日は、大きな台風が日本にやってきた。東京でも風雨は激しかった。都内の交通機関は次々と止まり、美容院に行ってからお芝居を見る予定だった私も、さすがに外出は中止に。台風の時、雨合羽《あまがっぱ》で外に出て「うぁーっ、こんなに雨も風も強い！」と体感するのはちょっと楽しいものだが、今回ばかりは身の危険を感じ、引きこもっていた。

そして、朝。台風一過の晴天である。清少納言も、「野分のまたの日こそ、いみじうあはれにをかしけれ」と、つまり「台風の翌日って、すごく『あはれ』だし『をかし』くもあるものだ」と書いているわけだが、なるほど非常事態が終わった後というのは、祭りの後のような余韻があるものよ……。

などと思いつつ、新聞を取りに外に出たところ、いつもと何かが違う。玄関から門まで行く道に、玄関脇に植えてあるオリーブの木が、倒れかかっている。昨夜の台風によって、木が斜めになっているのだ。

倒壊まではいっていないものの、「いみじうあはれにをかしけれ」どころではない。子供の頃、隣の家の塀が台風で倒れたことがあったが、我が家でも初の台風被害が！

無駄とはわかっていたが、さほど太い木ではないので、とりあえず満身の力を込めて、木を押してみる。ほんの少しだけ、もどったかも。が、明らかに根本的な解決にはなっていない。

幸いこの日は、家の定期点検の人がやってくる予定だった。午後、点検のおじさんに訴えると、シャベルを持って再登場。木の根元を掘りつつ、元に戻して下さる。

もちろん私も軍手をはめて、協力。おじさんと私のコラボによって、オリーブの木は完全にまっすぐとはいかないまでも、道を塞がないくらいにはなった。後は植木屋さんにお願いしよう。

枕草子では、野分の翌日に、童女や若い女房が、風雨で倒れた前栽《せんざい》つまり植え込みなどを直す楽しげな様子が出てくるが、彼女達も倒れた木は起こさなかったことだろう。木を押し戻すってすごく疲れることなのね……と、ぐったりしつつ軍手を外した。

某月某日

秋になってやっと蚊が少なくなってきたため、夏の間ほぼ放置していた草むしりなどを、少しずつ始めている。なぜか群生していた青紫蘇《あおじそ》は、葉がなくなり、穂になった。そういえば母親はよく紫蘇の穂を天麩羅《てんぷら》にしてくれたものだが、油汚れを厭《いと》う私は、揚げ物は家でしないと決めている。

今日は、草むしり日和。少なくなったとはいえまだ蚊はいるので、長袖・長ズボンのジャージ、ゴム手袋（虫などを触ってしまった時に、軍手よりも冷静でいられる）。顔には過激派っぽくタオルを巻く。さらには、自転車に乗っているおばさんがよくかぶっている、顔が完全に隠れるけれど前は見えるUVカットサンバイザーを装着すれば、草むしりファッションの完成。

このサンバイザー、以前は「変なの！」としか思えず、まさか自分がかぶる日が来るとは思わなかった。しかし屋外で両手がふさがる時、あれほど便利なものはない。視界は確保されているので、危険でもないし。周囲から見ても誰だかわからないのだから、ま、いっか！……と、背に腹は代えられずに装着してしまうのである。

夏の間ほうっておいたため、雑草はとんでもないことになっている。何かを収穫でもしているかのように、ざくざくと抜きまくった。親がこまめに手入れをしていた頃には見たこともなかった得体の知れない植物が繁殖していて、怖いほど。ひたすら下を向いて作業をしている時、ふと目を上げると、そこに一輪だけ、真っ赤な花が咲いていた。植物にはさほど詳しくない私であるが、この花の名であれば知っている。彼岸花だ。

この庭で彼岸花を見るのは、初めてのことである。一枚の葉もつけずに花だけが咲く様といい、不自然なまでの花の赤さといい、そして花の名前といい、この花はどこか不吉さを感じさせる。美しい花ではあるのだが、毒を持つのだという。

しかし私は、彼岸花を抜かずに残しておく。せっかく咲いた花なのだからなぁ。こんなに真っ赤な花、秋の庭には他に無いしなぁ。

彼岸花の赤い色は、まるで絵の具で塗ってあるかのように、時が経つと薄れてゆく。来年もまた、突然咲いて人をびっくりさせるのか。それとも今年かぎりのお目見えなのか。……などと思う、怪しい風体《ふうてい》の草むしり女。天に秋風、人生にも秋風。庭いじりが楽しくなってくるお年頃である。

福島

某月某日

大学時代に入っていた体育会の部は、マイナースポーツである割には、というかマイナースポーツであるが故に、OB・OGの結束が固い。今は、フェイスブック上でグループが作られ、盛んにやりとりがなされている。

この部にとって最大の試合であるインカレが近づいてきて、ますますやりとりは盛んになっている。今年の我が部は優勝候補なのだそうで、熱心なOB達は、「大きな旗を作ってそこに各OB達の応援メッセージを書き込み、試合会場に持っていこう」というプランで盛り上がっている。

私はこの行動の様子を見て、戦時中に日の丸に言葉を書き込んで出征兵士に贈った、武運長久の旗を思い出した。SNSという文明の利器を使用しても、やはり日本人の魂っつーものは不変なのだな、と思いつつ、

「優勝したら焼肉おごるから頑張れ」

というメッセージを用意。同期の友達と、

「しかしこの盛り上がりが続いたら、そのうちOGは千人針やれとか言われそうだよね……」

「銃後を守る我々の竹槍《たけやり》訓練も始まりそうな勢いだ……」

などと話していた。

そしてやってきた、インカレ。試合会場が遠いため、応援には行けないものの、ネット上では試合が中継されている（マイナースポーツであるため、当然ながらどんなケーブルテレビでも放送などしておらず、関係者の自主努力によってUストリーム中継）。

普段はOB会費を振り込むことくらいしかしていない私も、今年はフェイスブックによる事前の期待醸成効果により、ついついパソコンで試合結果を逐一チェック。我がチームはインカレ開始後、調子良く試合を進めているようで、

「このまま優勝だ！」

といったOB達からの景気良い書き込みが多い。私も「あ、マジで焼肉おごることになるかも。部員って何人いるんだろう……」と、期待と不安が混じり合う

気分に。

が、おおいにネット上で盛り上がっているまさにその時、試合会場においては、怪我《けが》を押して出場した我が校のエースが、高得点を期待されながらも大失敗をしてしまった模様。対してライバル校は順調に成績を伸ばし、残り一種目という時点で、常識的に考えると優勝は無理だろう、という点差がついてしまった。

しばらくシーンとする、ネット上。が、若手OBが、

「そんなことでどうする!」

といった書き込みをすると、再び皆が勢いを取り戻して書き込みを始めた。こうなってくるともう、

「あと一人○○点ずつ取れば勝てる!」

などと、とても無理なことを書くOBもいるが、誰も「そんなのできるわけない」などとは言わない。「そうだ、まだ勝てる!」「絶対に諦めるな」と、つまりは「神風を待つ」モードになってきたのだ。

それを見ていた私も、だんだん奇跡を信じたくなってきた。エース失速の時点で「あーあ」とがっくりきたものの、皆が神風を信じている様子を見ると、「ひょっとして……」といった気分になってくるではないか。

戦時中、日本人の多くが、半ば本気で神風を信じていたという感覚が、少し理解できるような気がした私。集団心理ってこういうことを言うのだなぁ。

さらには、今までは試合経過と他人の書き込みを傍観するだけであった私も、ムラムラと書き込みをしたくなってきた。現役達をどうにかして鼓舞したいというOG心、を通り越して母心のようなものが湧き上がってきたのだ。

しかし私は、ここで躊躇《ちゅうちょ》した。実は私、今まで一度も、フェイスブックに書き込みをしたことがなかったのだ。他人の動向を見るのは面白いけれど、自分の心情や行動を人様の目にさらすのが、恥ずかしくてしょうがなかったから。

さんざ自分のことを書いて出版までしてきた人間が、今さら何を言うのだ、という話もあろう。しかし出版という行為は、不特定多数のかたがたに自分の思いをさらすという、いわば精神的ストリップのような行為。

対してフェイスブックへの書き込みは、知り合いに裸を見せるような感じ。ストリップの舞台は数々踏んですっかりスレている私だが、フェイスブックにほんの数行書くことが身悶《みもだ》えするほど恥ずかしいのは、ストリッパーの純真というものなのか。

しかし今私は、ストリッパーである前に銃後のお母さんなのであった。戦地の子供を思うように、ちょっとウットリと応援の言葉を書いた。が、エンターキーを押すのに緊張が高まる。緊張のあまり何度も推敲《すいこう》を繰り返し、三十分も逡巡した後に、ようやくエンターキーを押した後に押し寄せる、「これでよかったのか」「キーっ、恥ずかしい」という思い。

他のOB達は、私がそこまで勇気を出して書き込んだとは夢にも思わないであろう、凡庸な応援メッセージ。そしてやっぱり神風は吹かず、優勝を逃してしまった我が校。がっくりした銃後の母は、その後一度も書き込みをしていない。

某月某日

震災後、初めて福島県へと足を踏み入れた。震災後は、仕事でもプライベートでもなるべく東北へ足を運ぶようにしていたのだが、福島には行っていなかった。最初の行き先は、いわき市のスパリゾートハワイアンズ。以前ここでとても楽しい時を過ごしたことがある私は、震災で大きな被害を受けたハワイアンズが心配でならなかった。十月に再オープンというニュースを見て、「行かねば！」と思ったのだ。

ハワイアンズへは、東京駅などから宿泊者専用の無料送迎バスが発着している。

送迎というには長過ぎる距離だが、つまりは交通費はタダで直行できるのだ。

いわき湯本インターを降りてハワイアンズが近づいてくる。遠くに見える建物は前と変わりないように思えるが、被害は甚大だったのであり、そして福島には目に見えない放射能の被害も降りかかった。前に来た時とは、全く違う状況なのだ。

チェックイン後、以前もお世話になったハワイアンズの職員さんとお話ができた。三月十一日の地震のみならず、その一ヶ月後に起きた、直下型の地震でも大きな被害があったことを、私は全く知らなかった。そしてハワイアンズは避難所として使われた後に、こうして再オープンへとこぎつけた。

「皆さんをお迎えできるのが、本当に嬉しいんです！」

と言う彼の笑顔の奥には、深い悲しみが確実に存在する。

間もなく、フラガール達のショーが始まった。以前は大きな室内プールであるウォーターパーク内のステージでショーを見たが、地震によりウォーターパークは甚大な被害を受け、まだ工事中。仮設ステージでのショーとなった。

いわきは、元々が炭鉱の町。石炭から石油へとエネルギーが転換される中で、当時の社長が一大決心をして造ったのが、ハワイアンズの前身・常磐《じょうばん》ハワイアンセンターだった。「一山一家」の合い言葉のもと、炭鉱で働いていた人々がハワイアンズで慣れない仕事に精を出し、目玉のフラショーに出演するのは炭鉱の娘達だった。

……という物語が映画になったのが、蒼井優《あおいゆう》ちゃん主演の「フラガール」。以前ハワイアンズに来た時は、「フラガール」を見ていたので、本物のフラガール達がいとおしくてたまらず、目頭が熱くなったものだ。

そして今回、福島は原子力という、石油の次のエネルギーによって、痛めつけられた。それでもフラガール達は立ち直り、笑顔いっぱいで踊っている……と思ったらまたまた目頭が熱くなる。

今も、ほとんどが地元の娘さん達だというフラガール。誰もが一生懸命で、本当に可愛い。フラガールのおっかけとおぼしき男性もいるし、ちびっ子達は一緒に踊っている。若い女の子達の美しさと可愛らしさは、宝物だなぁ。……と、ほとんどおっさんのような気持ちで、彼女達に精一杯の拍手を送る。

(その後、ウォーターパークの修理は終了、現在は新しいステージでフラガール達は踊っている)

某月某日

翌日は、いわき駅から高速バスに乗って、福島市へ。日曜日であるが、目抜き通りを歩く人は少ない。福島大学の学生達が復興へ向けてのイベントを行っている。皆、渋谷を歩いていそうな、明るくて健康そうな男の子・女の子達。

福島市にはお洒落なお店が多く、つい立ち寄っては、服だの雑貨だのと買い物をした私。店で働く若い子達も、

「本当にここにいていいのかどうか、はっきりしたことがわからないのが、一番不安なんですよね。でも、どうせここに住むのであれば、楽しくやっていこうと思って、イベントを考えたり、色々とやっています」

と話す。

東京から来たことを言うと、福島の人達は皆、とても喜んで下さる。

「福島に来てもらえるだけで、すっごく嬉しいんです」

と言うその口調がせつない。この地に住む、何も悪いことをしていない人達に、私達はとてつもなく重いものを背負わせてしまっているのだ。

妻子を他県に避難させたために、建てたばかりの家に一人暮らしをしているという男性は、

「あの公園も、線量が高かったので、表土を全て剝いだんですよ」

と、淡々と案内して下さった。しかしその公園を歩く人の数は、少ない。

福島から新幹線で仙台へ向かうと、仙台はおおいに賑《にぎ》わっていた。震災後、何回か仙台に来たが、来る度に街が活気づいている様子が見てとれる。復興の拠点として、機能しているのであろう。

仙台の賑わいに頼もしさを感じつつ、去ってきた福島のことを、思う。

某月某日

東京に戻り、震災後のハワイアンズのことを撮ったドキュメンタリー映画「がんばっぺ　フラガール！」を見た。既に親戚の女の子のように思えてきたフラガール達はそれぞれ、震災によってつらい思いをしたのだ。

映画の最後のシーンは、ハワイアンズの閉鎖中、日本全国へとキャラバンに出ていたフラガール達が、再オープンした日に仮設ステージに戻ってきて踊る様子。彼女達の眩《まぶ》しい笑顔にまた、目頭が熱く……。

宛名

某月某日

　去年も喪中だったが、今年も喪中である。喪中ハガキを用意するのはもっと先でいいだろう……とのんびり構えていたら、あっという間に投函《とうかん》の時期がやってきた。そうだ、喪中ハガキは、年賀ハガキより一ヶ月早く出さなくてはいけないのだ。

　あわててハガキの印刷をオーダー。そしてハタと、宛名印刷ソフトのことを思い出した。今年の初め、我が家のＩＴ革命（携帯をスマートフォンに、ワープロをＭａｃに、そして仕事でワードを使用し始めるという大改革）の時に、そろそろ宛名書きから解放されたいと思って宛名印刷ソフトを初めて購入し、パソコンに詳しい人にインストールしてもらっていたのだ。

「住所録にある住所を今から少しずつ入力していけば、年賀状シーズンにはバッチリ」

と言われて、「なるほど」とやる気まんまんでいたのだが、その後の地震だなんだで、すっかり入力作業を忘れていた。というより、忘れたフリをしていた。「ま、もう少し先でいいだろう」と思っているうちに、年末になっていたのである。ああ、この「ま、もう少し先でいいだろう」という思い癖で、人生でどれほど失敗を重ねてきたことか。

尻に火がついたところで、意を決してある週末を、入力作業に捧《ささ》げることにする。かつてワープロで作成した住所録を横に置き、パソコンをぽちぽちと打つ。しかし今はすごいですね。郵便番号を入れるだけで、町名までが自動的に出てきて、自分で打つ必要が無いなんて。

そんなことに感動しつつ続ける入力作業は、私にとって決して苦痛ではない。というよりむしろ楽しい。エッセイを書くのと違い、「ちょっと気の利いたことを書いて褒められたい」とか「笑わせてやろう」といった邪心というかクリエイティビティーというか、その手のことを忘れてキーボードを打つことができるのだから。住所という無機質な文字の羅列をひたすらパソコンで写す作業には、写経のような精神を落ち着ける効能があるのではないか。

　そういえば私は昔から、この手の「無心になることができる単純作業」が大好きだった。ひたすら草むしりをする、とか。書類を封筒に入れる袋詰め作業、とか。クロスステッチ、とか。

　だったら、右の皿にある豆を一つずつ箸でつまんで左の皿に移す、といった作業でもいいのではないかという説もあるが、私が愛する単純作業は、わずかでもいいので、何らかの成果を伴うもの。雑草がなくなってきれいになった庭や、書類が入った封筒の山とか、毎日少しずつ図柄が完成していく刺繍《ししゅう》を見ることによって、単純作業への没頭はますます深まる。

　そういった意味で、パソコンへの入力作業は、私好みだった。次第に住所録が出来上がっていく喜びを嚙み締めつつ、日頃の雑事は忘れてキーボードを叩《たた》く。……って何て楽しいのだろう。

　とうとう、住所録は完成。これまたＩＴ革命の時に購入したプリンターにてプリントアウトすれば、おお、何もせずとも宛名がハガキに！　郵便番号が、あの四角い小窓の中にキッチリ納まっているのがまた、気持ちいい〜。

　わずかな時間で、全てのハガキに宛名がプリントされた。今までの苦労は何だったのだ、と思わせるのが全ての電化製品の常ではあるが、これはまたひとしおの感慨がある。

が、一方では罪悪感も湧いてくるのだった。一人一人の顔を思い浮かべつつ、丁寧に宛名を書くのが本当であろうに、単純作業としての入力の後、まさに機械的に宛名をプリントアウトするようなことでいいのか、と。

しかし、一度知ったら元には戻れないのが、電化の蜜の味。洗濯機も冷蔵庫も、生まれた時から家にあって、「何て便利なのだろう！」という感慨を知らない私も、宛名印刷ソフトにて初めてその手の感慨を味わったのだ。……って、その前にスティーブ・ジョブズ氏の死去にショックを受ける方が先なのではないかという気もするが、Ｍａｃユーザーとして日が浅い私としては、その辺のところはよくわからないのだった。

某月某日

友達選びの基準は様々あると思うが、私の場合、とても仲の良い女友達に欠かせない資質が、「下ネタレベルが同程度」ということである。シモ関係の話をしても決して眉をひそめたりしない人。爽やかにあけすけにその手のことを語ることができる人と、いつの間にか仲良しになっている。

そんなシモ友達と、イタリアンなど食べつつ話をしていた時のこと。

「最近、すっかり性欲が薄くなった」

と、ある友が言った。かつては様々な武勇伝を誇った彼女も、年齢とともにさすがに大人しくなってきたらしい。

「まぁねぇ、もう我々のホルモンもカスカスなんでしょうしねぇ」

「我々も人生折り返し地点にいるわけだけど、人生における総セックス回数っていうのが決まっているとしたらさ、完全に半分以上は終わっているわよね」

「あったり前でしょう。これから今まで以上の回数をするわけがない」

「ていうか、もう人生最後の一回が終わっているかもよ？」

などと、ジビエなど食しつつ冷静な顔つきで話している時、別のシモ友が言った。

「でもね、私、一つだけ後悔していることがあるの」

と。それは、

「私、今までに一回も、童貞とセックスをしたことがないのよ！　どんなものか、試してみたかったなー」

ということであり、確かにそれは理解できる。聞いてみると、一座四人の中で、その手の経験をしたことがある人は一人もいなかったのである。

「これはおかしいのではないか」

と、我々。どんな男性であっても最初は童貞。だというのに誰も経験者がいないということは、どこかに寡占状態の女性がいるということではないか。

「確かに、体験談なんかを読んでみると、ティーンの男の子が、年上の経験豊富な女性に犯されるようにして初体験、っていう話がよくあるわねぇ」

「けっこう、友達のお母さんだったりするのよね」

「それはAVの見過ぎでしょう」

「でもまあ、とにかくその手の行為を得意として、一手に引き受けている女性がどこかにいるのよ」

「もしくは、風俗」

ということに。童貞との経験が無いことが一生の不覚、と言ったシモ友に対しては、

「でもさぁ、あなたもこれからひょんなきっかけで、人生初の経験があるかもしれないわよ」

と言うと、

「でも今さらなんて、単なるエロババアになっちゃうじゃないの」

と心配しているので、

「いやしかし、こんな世の中であるからこそエロババアが必要とされているのではないか」

「そうだそうだ、世は熟女ブームだというし」

と励ます我々。果たして彼女に、「人生初童貞」の体験はやってくるのか否か。しかしやっぱり、個室を取っておいてよかったなぁ……。

某月某日
煩悩《ぼんのう》いっぱいの会話を終えてしばらくした後、京都のお寺に宿泊する機会があった。ちょうど観光シーズンでどこの宿もいっぱいという時、ご縁があるお寺の方が、

「もしよかったらお泊まり下さい」

と言って下さったのだ。大きなお寺なので、門徒用の宿泊施設があるとのこと。

「門限は、特にありません。ただし……」

とお寺の方がおっしゃるので何かと思えば、

「朝の勤行《ごんぎよう》に参加していただくことになります」

とのこと。朝五時半から、お堂にて僧侶達のお経を聞くということなのだ。はい、それくらいなら出ます出ます。

ということで、夜は祇園《ぎおん》に遊び、十二時過ぎてからお寺に帰還。事前にうかがっていたとおり、重要文化財チックな大きな木の門の脇にある扉をそっと押して、中に入る。こんな所からお寺に入ったのは初めてだなぁ。夜遊びの後、親にバレないようにそっと帰ってきた時みたい。三島由紀夫『金閣寺』における老師さんも、こうやって夜遅く寺に戻ったのか。

寝たと思ったらすぐ、火事の時の半鐘のような音で目が覚めた。起床時間、五時である。ありったけの衣類を着て、ホカロンも貼って、お堂へ。まだ外は真っ暗。やがて、お坊さん達がぞろぞろとやってくる。修行中なのであろう、若いお坊さんが多い。正座してお経を聞く。お経の意味はわからないけれど、外気とほぼ同じのキンとした寒さの中、清々《すがすが》しい気持ちに。

しかし、お経はなかなか終わらなかった。清々しいというレベルはとっくに過ぎて、寒い。寒すぎる。脂肪と筋肉はもちろんのこと、骨まで寒い。正座の足はカチンコチンになって痛いのだが、もぞもぞすることも憚《はばか》られる。そしてお経は全く終わる気配がない。極寒の中、黙って正座でお経を聞き続けるこのつらさ。せめてお経を読む側でいたい。

しかしお坊さん達は、毎朝こんなことをしているのだ。その辺のお寺にいるお坊さん達も、若い頃はこのようなつらい修行を経験した上で自坊に戻ったのかと思うと、それだけで尊敬できる。もう「坊主丸儲《もう》け」なんて言いません、と心に誓う。

さらに延々とお経は続き、すっかり明るくなった頃に、勤行は終わった。「やっと終わった、部屋に帰れる」と思ったら、一人のお坊さんがおもむろにこちらに。

「ようお参り下さいました」

というお言葉に続き、今度はみ仏についての有難い法話を……。

ようよう部屋に戻った時、寒さのあまり、

「ウーッ、ウーッ」

という獣じみた叫び声しか出なかった私。この寒さ、人生において味わったことがない類のものかも。お坊さん達と一緒に朝食をいただいた後は、再び毛布にくるまり、お寺で二度寝という暴挙に出た。

後から知ったところによると、その朝はこの冬一番の寒さだったとのこと。童貞云々などという話題を、野禽《やきん》の肉をむさぼりながら語り合うという汚濁《おじょく》にまみれた者には、やはり仏様は厳しい修行をお与えになったのか。二度寝から目覚めた私は、ほんの少しだけ清くなったような気分にはなったが、しかしくしゃみが止まらないのだった。

筑前煮

某月某日

年の瀬。一年を振り返ってみても、今年の記憶は、東日本大震災以降しか残っていない。今年の一月と二月、自分は果たして何をしていたのだか。……あ、引っ越しをしたのだったそういえば、という感じ。

去年までは、「震災」という言葉が出てくれば、それは関東大震災か阪神・淡路大震災のことを示した。が、今「震災」と言ったら、それは三月十一日のこと。

それでも東京には、いつもと変わらぬクリスマスムードが満ちていた。こんな時代なのに、と言おうか、こんな時代だから、と言おうか。クリスマスの楽しいムードを、我々は欲しているのだ。

私も、この年末に、パーッと年末っぽいことをしてみたくなった。そして選んだのは、「ディナーショー」。

年末になると、様々な芸能人がディナーショーを開くという話は聞くが、今まで未知の世界だった。そんな時、大ファンの清水ミチコさんのブログを見ていたら、清水さんと黒柳徹子さん、そして大竹まことさんの三人が、ディナーショーを行うという一文が。それも、三人ともノーギャラで出演し、収益は東日本大震災の被災者に寄付されるらしい。

行ってみたい！　と思うが、ディナーショーのチケットは安くない。清水ミチコさん達のショーはグランドプリンスホテル新高輪《しんたかなわ》で行われるのだが、一人二万八千円。それでもディナーショーの中では安い方で、同ホテルで行われるショーでは、松田聖子・四万八千円、加山雄三や布施明は四万円、そしてコロッケ・三万八千円といった感じ。ちなみにＩＫＫＯさんは二万五千円で、これもちょっと行ってみたかったな……。

清水ミチコ（及び、黒柳徹子&大竹まこと）ファンというわけではない友達をダメもとで誘ってみると、

「行く行く〜。ディナーショーって、一度行ってみたかったのよ」

と、乗ってくれた。よーし、行ってみるか！　と、申し込み。

そして、当日。会場は、新高輪の飛天の間。

「よく芸能人が豪華披露宴をやっている、あの会場ね！」

「初めて入るー」

と、わくわく。

ディナーショーというのは、お客さんは皆、お洒落して来るのだという話も聞いていた。名古屋の聖子ちゃんディナーショーなど、デコルテ丸出しのロングドレスを着てくる人も多いのだとか。

しかし今回のショーは、出演者も出演者だし、どの辺のドレスコードなのか……と悩みつつも、無難なワンピースを着た私。やはり会場には、名古屋の聖子ちゃんショー的客層とは違い、落ち着いたお洒落をしている年配の方が多い。

それにしても飛天の間の広大さには、驚いた。屋内陸上競技場のような奥行きなのだ。プリンス系のホテルというと、昭和時代のバブル前後に華やかだったイメージだが、シャンデリアなどの装飾品が、昭和っぽくて懐かしい。あと少し時間が経てば、レトロの域に達するのではないか。

縦長の部屋の一番奥が舞台になっていて、座席はどうやら申し込んだ順になっているらしい。「誰か一緒に行ってくれるかしら」などと逡巡しているうちに申し込みが遅れてしまった私は、半分より後ろの席。今度からはもっと早く申し込むようにしなくては。

ディナーショーというと、ディナーを食しながらショーを楽しむのかと思っていたが、そうではなかった。先にディナーを食べ、終わったらショーが始まるという、ディナー&ショーなのである。

グループ毎に丸テーブルをあてがわれるので、私は友達と二人席。結婚式の料理を簡略化した感じの食事を食べる。とにかく、ものすごい広さの中、ものすごい人数で食べているので、「ちょっと豪華な給食」という感じ。

十八時半からのディナーの後、ショーは二十時から。会場の後ろの方から、お三方が歩いて登場。お客さん達がわっと押し寄せ、握手攻めに。お三方とも、それにちゃんと応えてあげている。

徹子さんは、華やかなドレス姿。ミチコさんは可愛いワンピ、大竹さんはタキシードという装い。「この三人で何を?」と思う方もいようが、実は徹子さんはモノマネ上手で、清水ミチコライブにおいて映像出演(モノマネの)もされているのだ。

徹子さんのモノマネ(レパートリーは、高見山《たかみやま》、ロシアの人形劇団の人、など)や、歌。ミチコさんのピアノ弾き語りモノマネ(瀬戸内寂聴《せとうちじゃくちょう》、杉本彩《すぎもとあや》ほか)

などで、我々は大笑い。

最後には、お三方からのプレゼントが当たる抽選会も行われたのだが、壇上に立った当選者の中には、一人で参加している年配女性も二人ほど。きっと年末には毎年、ディナーショーに行くことにしているのであろう。

ショーが終わって、友達とお茶を飲む。

「楽しかった！　また行きたい！」

と友達が言うので、

「じゃあ来年は聖子ちゃんのに行くっていうのはどう？」

「いいねー。披露宴もめっきり無くなったし、たまにお洒落して出かけるのは楽しいもんね！」

と、話は盛り上がる。

きっと我々はこれから毎年、誰かのディナーショーに行くのであろう。「たまにはお洒落して出かけたい」というこの欲望は、まさに中高年女性の欲望そのもの。もう、「イブの夜、どうするか」などということにやきもきしなくなった自分達が立派に中高年の道を歩んでいることを再確認しつつ、師走の夜は更けていった。

某月某日

年が明けた。元旦の午後から、東京では震度4の揺れ。「新しい年が来たからといって気を緩めることなく、常に用心をするように。そして、被災地のことを忘れずにいるように」と、天から言われているような。

その数日後、我が家では恒例の新年会。この会はうんと昔、まだ私が生まれる前から我が家で行われていたものである。私達きょうだいが小さい頃から遊び相手になってくれていた父の後輩が、両親亡き後も、いらして下さる。

母は生前、九州出身のその方のために、お正月には筑前煮を作っていた。今年は、私がホステス役となる初めての会なのだが、「そうだ、筑前煮を作ってみよう」と思い立つ。

たくさんの具材が入る煮物は、出来上がりが大量になりがちなので、普段はあまり作らない。そして私は、新規開拓傾向の少ない性質であるため、「それまでに作ったことのない料理」をお客様に出すことは滅多に無い。しかし筑前煮は新年会での定番の料理でもあったことだし……と、初めて作ったものをお客様に供する、という暴挙に出ることに。

記憶をたどって材料を買い、ネットで作り方を確認。いやー、ネットって本当に便利ですね。

お煮しめは、具材を別々に煮ふくめていかなくてはならないので手間がかかるが、筑前煮は一緒に煮ることができるので、割と簡単。一つだけ、「大根が入っていたかどうか」が思い出せない。たいていのレシピには大根は書いていないのだが、母の筑前煮には入っていたような気もする。

近所の奥さんに、

「筑前煮って、大根入れるんでしたっけ？」

と聞くと、

「普通は入ってないけど、最近は入れる人も多いのよね。大根を入れると、煮汁を吸ってくれていいのよ」

ということで、大根投入決定。

色々な根菜を、乱切りに。こんにゃくはちぎって下ゆで、里芋も下ゆで。まず鶏をいためたら野菜類も一緒にいため、そして煮ていく……。

という作業は、とても楽しい。私の料理の腕はごく普通だし、「料理したくてたまらない」というタイプでもないが、正月休みのような、迫ってくる仕事が無い時に料理に没頭するのは、好き。

仕事が忙しい時も、ムラムラと何かを作りたくなることがある。吉田戦車さんが『逃避めし』という本を出されていたが、これは仕事からそして現実から逃避するように、つい作ってしまう料理のレシピ集。わかるなー、この感覚。ま、「逃避ネイル」とか「逃避脱毛」とか「逃避ゲーム」とか、人によって色々な逃避癖はあるのだろうが、私は全部やっている気がする。

が、正月はそんな逃避に伴う罪悪感無しに、料理ができる。アクをすくって、適当に調味料を入れて……。ああ、この匂い。母親が作っていた筑前煮の匂いだ。

母は料理好きだったのだが、「女の子は結婚したら嫌でも家事をしなくてはならないのだから、今からすることはない」という独自の方針のもと、私は家事手伝いを強制されたことがなかった。料理も、特に教わった記憶はない。

そうしたら母の予想と違って娘は結婚する機会を持たなかったわけで、私は自分が食べたいからという理由で、自主的に料理をするようになった。我が家風の雑煮の作り方も教わらないままだったが、「こんなんだったなー」と適当に作製。基本は同じだが、新たな具材として、私の好きな椎茸《しいたけ》も入れてみる。

もちろん筑前煮も母からは教わっていないので、調味は適当。さて、どうなるか。

新年会当日。毎年メインはしゃぶしゃぶと決まっているのだが、前菜の一つとして筑前煮を出すと、

「へーえ！　まさか順子がこんなものを作れるとはねぇ……」

と、その方はびっくりした様子。後片付け以外の手伝いをしない娘だったので、料理をしただけで、驚かれるのだ。さて味の方は、というと、

「うん、なかなかいけるよ。ＯＫ」

と言いつつ、丼一杯、食べて下さった。

おしゃべりにも花が咲き、会は無事に終了。すると深夜、その方からメールが来た。

「洋子さん（母）の筑前煮を百点とすると、順子のは七十八点の成績。つまり洋子さんのもう少し若い頃の味を彷彿《ほうふつ》とさせて、ちょっとウルウルでした」

という文面が。

七十八点という微妙な点数に、「もしかしてあまり美味しくなかったのかしらん」と、残った筑前煮を一口食べてみる。ま、そんなものかな。来年は八十点超えを目指して、煮物の腕を磨くとしよう。

ラオス

某月某日

生まれて初めて、ラオスという国に行くことになった。里子というほどではないが、支援をしている女の子がラオスにいて、その子に会いに行くのである。私は、ラオスという国のことを全く知らない。しばしば、ミャンマーとかビルマとか、その辺の単語とごっちゃになるくらいに。基礎知識だけでも仕入れようと書店に行ってみると、ラオス関連の書籍は際立った少なさだった。アジアのコーナーでも、中国や韓国関連の本は棚いっぱいあるのに、ラオス関連はほんの数冊だけ。カンボジアやベトナムの本の方がグッと多く、それらに挟まれて細々とラオス本が存在している。

書店での存在感と同様、ラオスは様々な国に囲まれた、内陸の国である。インドシナ半島に位置するのだが、北には中国とミャンマー、東はベトナム、南はカンボジア、そして西にはタイ。五ヶ国に囲まれた細長い国で、面積は日本の本州くらい。しかし住んでいる人々は東京都の半分以下ということで、非常に人口密度が低い。さらには経済規模は鳥取県の三分の一ほどと、世界で最も貧しい国の一つである。そして恥ずかしながら全く知らなかったのだが、この国は社会主義国家でもある。

それにしても、「初めての国」に行くのは久しぶりである。若い頃は、今よりうんと頻繁に海外旅行をしていた。今の若者はちっとも海外に行こうとしないそうだが、あの時代、若者は海外旅行に行くものだったのだ。

新しい世界に積極的に出て行くタイプではない私は、友人達がどんどん留学していっても、「では自分も」という気にはならなかった。

私が今の時代に若者であったら、「面倒臭いしー」と、海外など行かないタイプであったのだろう。が、時代のムードというのは恐ろしいもので、そんな私でも八十年代とか九十年代は、何だかんだと海外へ行っていたのだ。

が、年をとるにつれて、本来の性質が出て来て、海外へ行くことがおっくうになっていた私。大きな荷物を持って空港に行って、飛行機に長い時間乗って、言葉がわからない世界で色々緊張して……と考えるだけで、気持ちが萎えてしまう。

対して国内旅行は、らくちんである。東京駅から何らかの列車に乗れば、海でも山でもすぐに見に行けるし、どこに行っても日本語ＯＫ。夜道を一人で歩こうと、混浴温泉に一人で入ろうと、身の危険を感じることはない。……ということで、ついつい国内旅行ばかりする日々を送っていた。

そんな中での、久しぶりの〝初めての国〟訪問。私は、緊張していた。国内旅行であれば、旅の準備は十分もあればできるのだが、今回は荷造りの時点でてんやわんや。「訪問する村では水道が無いというから、メイク落としシートを買っておかなくては」とか「えーと胃薬、下痢止め、便秘薬、ビタミン剤、風邪薬、虫よけ、虫さされ……」とか、「斜めがけバッグってどこにあったっけ」などと右往左往。海外旅行筋《きん》がすっかり衰えていることを実感する。

携帯電話を旅先で使えるようにするのにも、四苦八苦である。ラオスという国の地味さ加減から、一応ドコモショップに行って尋ねてみると、何とかが何とかなので（ドコモショップのお姉さんが話す言語はいつも、呪文にしか聞こえない）、私のスマホをそのまま持って行くと、ものすごい料金になってしまうらしい。ので、何とかを何とかしてください、と言われる。

何とかを何とかするには、ネット経由と、電話経由という手法があるらしい。

ネット経由の方が安いというのでトライしてみるが、パソコン画面に現れる言語がまた、意味不明。イーッとしてきて、電話に切り替え。優しいお姉さんに、懇切丁寧に教えてもらった。

この、「多少割高でも、人に直接教えてもらう方が安心」という感覚に、私は自らの加齢を感じる。その昔、おじいさんとかおばあさんは、カメラの扱い方がわからなかったので、カメラごとカメラ屋さんに持って行って、フィルムの装塡から巻き戻しまでやってもらっていた。その分高くつくけれど、わからないものは仕方がなかったのである。電気屋さんにしても、「商品を選んで買うところからアフターケアまで、丸ごと面倒みてほしい」というお年寄りの存在で、近所の商店街の店舗は成立していたのである。

そんなお年寄りを半ば馬鹿にしていた私であるが、今では自分がそうなっている。自分が不得意な分野になると、ネット上での処理はどうも不安。直接、人に尋ねたくなるのだ。

ＮＴＴドコモの優しいお姉さん達の尽力により、どうやらラオスでも携帯が使用できそうになった私。ドコモのお姉さん達も、日々このような「何がわからないのかすらわからない」人々を相手にするのは大変だろうなぁ、と思う。

某月某日

無事、ラオスから戻ってきた。初めてではあったけれど初めてっぽくない国、というのがラオスの印象である。多くの国に囲まれ、多くの国の影響を受けているラオス。今まで行ったことがあるタイやカンボジアと似たところも多かったし、何しろアジアの仲間ということで、親しみも深い。やはりアジアはいいなぁ……。

とはいえ、初めての国では初めて尽くしである。ラオス語（「こんにちは」は「サバイディー」）を聞くのも初めて。水道もガスもない村にホームステイするのも初めて。ラオス航空に乗るのも初めて。象に乗るのも初めて。そういえば蚊帳《かや》を吊《つ》って寝るのも、初めてだった。

村でのホームステイの後に行った、ルアンプラバーンという街も、もちろん初めての訪問である。こちらはかつての王都で、寺や僧侶が多く、日本でいえば京都のような観光地。

おどろいたのは、ルアンプラバーンにはとにかく欧米人が多いということである。何でも旅の世界では、ラオスが「今、訪れるべき通な場所！」的な存在になっているらしく、若いバックパッカーから裕福そうな高齢者まで、オリエンタリズムを求める欧米人だらけ。

それだけでなく、中国人や韓国人観光客の姿も目立つ。昔だったら必ず日本人もいたはずなのに、いないのは日本人だけ、という状況なのだ。日本の国力の衰え、そして外へ出て行く力の衰えを実感する。

夜、バザールを歩いていると、久しぶりに日本語が聞こえてきた。懐かしくて振り返ると、長ーいドレッドヘアのラスタマンとそれっぽい奥さん、そしてそれっぽい幼児の三人連れという日本人一家だった。アジア放浪の旅の途中なのか。コスプレイヤーのような存在感である。

翌日は、夕日の名所だという小高い丘の上の寺院に行ってみた。眼下には緑の中に赤い屋根の建物が点在し、彼方《かなた》には山に沈む夕日。きれいである。観光地の常として、世界中のあらゆる言葉が聞こえてきて、まるでバベルの塔みたい。

……と、その時。

「ぴゅ〜、ぴょ〜」

という、謎の笛の音が唐突に聞こえてきた。何事？　と振り向くと、背後の岩の上に、前日にバザールで目撃したラスタマン一家の奥さんがあぐらをかいて座り、目をつぶって一心にケーナ（たぶんそうだと思う。田中健が吹いているのを見た記憶が）を吹いているのである。ラスタは宗教の一種だそうだし、何か宗教的な儀式なのだろうか。

思い切り俗っぽい観光客と、沈みゆく夕日とともにケーナ（たぶん）をうっとり吹く、俗世からの解脱《げだつ》を目指す日本人。両者に挟まれてちょっと赤面してしまったのは、夕日のせいだけではあるまい。海外にて外国人に出会うのも刺激的な体験であるが、同胞の民を見るのもまた、同じくらい刺激的である。やはり海外って、たまには来てみるものだなぁ……。

某月某日

帰国後数日してから、富山へ。こちらはうって変わって、豪雪である。景気良くじゃんじゃんと、白いものが降り積む。ああ、ラオスの人達は私のデジカメの中に入っていた雪景色の写真を、物珍しそうに見ていたっけなぁ。あの人達に、この様子を見せてあげたいなぁ。

雪景色はただ眺めている分には、ロマンチック。しかし、帰る時が近づくうちに、不安になってきた。飛行機が飛ばないかもしれないというのである。最終便の飛行機の予約を取っていたので、欠航になるともう一泊するしかない。

早めに見切りをつけて鉄路で帰るか。「飛ぶ」という方に賭けるか。……と悩んだ結果、後者に決定。

空港へ着くと、乗客達は皆、不安気である。

「大丈夫、俺、今まで乗る予定の飛行機が欠航になったことは一度もないから」と豪語するおじさんもいた。私も、今まで飛行機乗り遅れ体験はあるが（わんこそばを途中でやめることができず乗り遅れた）、欠航体験は無い。「ま、大丈夫でしょう」と思っていた。……が、結果は欠航。落胆の声がロビーに広がる。

しかし私はその時、ちょっとした解放感を得ていたのだった。もう、ここですべき仕事も無い。東京の用事も、追いかけてこない。唐突に与えられた、全くぽかんと空いた時間。

街中に戻り、これまた人生初のアパホテルに投宿。最近の新しいビジネスホテルはどこも、行き届いた設備できれい。寒ぶりとか白子といった、キトキト系の冬のご馳走は旅の間にたらふく賞味したため、

「ラーメンと餃子かな……」

と、ジャンク欲炸裂《さくれつ》。富山名物だというブラックラーメンの店へ。本当だ、スープが真っ黒！　餃子も美味しい。

ホテルの部屋に戻って、コーヒーを飲んでから風呂へ。外は雪。甕棺《かめかん》のようなユニットバスで膝を抱え、偶然の孤独に耽溺《たんでき》する。

某月某日

友人一家が、東京から引っ越すとの知らせが届く。小さい子供がいるので、おそらくは放射能とか地震に対する不安があるのだろう。その手の人が増えているという話は聞いていたが、知り合いが引っ越すケースは初。

引っ越しの知らせを聞いた時の感覚は、今までの人生の中で、味わったことがないものである。寂しさ、不安、焦燥感。そんな引っ越しが、日本中で次々と。

同窓会

某月某日

今年はオリンピックイヤーであるわけだが、オリンピックイヤーといえば同窓会、ということに我々の同級生の間では決まっている。四年に一回、オリンピックの年に高校の同窓会が開催されるのだ。

ほぼ永久幹事的メンバーが決まっているのだが、私はなぜか、その中に入っている。幹事とか役員といった仕事からは真っ先に逃げ出すタイプの私であるが、同窓会活動の中心的人物から、

「こういう仕事は専業主婦よりも、働いて忙しくしてる人の方がいいのよ。あなたもやりなさい」

と強制的に言われて、入れられたのだ。

そんなわけで、既・未婚を問わず働く女ばかりの、同窓会幹事団。普段はそれ

ほど顔を合わせる機会は無いが、四年に一度の幹事作業をしていると、次第にそれがサークル活動のようになってきた。

「仕事も子育ても忙しくてもう幹事辞めたいんだけど……、でも皆で集まって馬鹿な噂話をしながら準備する楽しさを思うと、どうしても辞められない！」

と、四年に一回、律儀に参集する。

同窓会の幹事というのは、個人情報を取り扱う仕事である。出欠の確認などしていると、結婚離婚、お受験の成否といった情報が自然に集まってくる。

「表《おもて》の名簿の他にもさ、様々な情報を書き入れた裏のブラック名簿もできちゃうわね」

「私が死ぬ時は、そのブラック名簿の存在をこの世から消すためだけに、あなたを病床に呼ぶわ」

などと、打ち合わせをしているうちに話は別方向に……。

同窓会に伴う作業も、世の変遷につれて変化してきた。昔は、参加者に同窓会名簿を配布していたのが、個人情報保護法ができてからは、そんなことはできないように。住所がわからない同級生の情報について、友達などを辿《たど》って調べて連絡してみると、

「私の個人情報をどうやって調べたんですかッ」

などと怒られるというケースも。

ＩＴ化の影響も、大きい。昔はせいぜいワープロだった名簿作成は、パソコンがとって代わった。また、パソコンの検索機能も、おおいに役に立つ。人間、手段があるとなると、とことんやってしまうもの。消息不明の人の特技や趣味などを一生懸命思い出してググってみたら、勤務先が判明した、とか。高校時代の名簿を見て実家の住所をグーグルアースで見てみたら、まだ実家は引っ越していないことがわかった、とか。

「しかしここまでやると、もはや探偵の域に入ってくるわね」

「こういうことができてしまうから、個人情報って流しちゃいけないのね」

と、言い合う。

そして今回の同窓会準備作業では、新しい仕組みが初めて導入された。すなわちそれは、フェイスブック。フェイスブックは基本的に知り合いとつながっていくＳＮＳなので、同窓会には向いているのだ。

フェイスブックの中に、同級生のグループを作成し、友人達を登録していくことになった。すると、同級生達がまた、自分がフェイスブック内で「友達」になっている同級生を、グループに登録していく。……ということでメンバーは自然に増えていくし、昔のようにコツコツと探偵的作業をせずとも、今まで消息がわからなかった人が自然に発見されたりするではないか。

「まさに同窓会のために作られたようなシステムだわねぇ」

と、我々はうなずき合った。

かくして、いつになくスムーズに進んだ同窓会のための作業。

「我々も年をとるわけだし、作業はどんどん軽減を図らなくては。IT化、ありがたし！」

ということになったのだが、ふと気づいたのは、

「もしかしてこの次の同窓会の時ってさ、我々は五十歳になってるんじゃないの？」

ということ。

おお、ついに人生半世紀が視界に入ってきたとは。

「五十歳の時は、パーッと帝国ホテルとかでやっちゃう？」

「いいねー」

と、幹事サークルのメンバーは、もはやヤケクソ気味に盛り上がるのだった。

某月某日

今年は雪が多かった。そして私は、雪国へと赴く機会も多かった。しんしんと雪が降り積む新潟の夜道を歩いていて「雪っていいわねぇ」などと思った、その瞬間。

「ツルッ」

および、

「スッテーン！」

という音が聞こえたかのように、派手に転倒した私。おそらく、一瞬身体が真横になって宙に浮いた、コントのような瞬間があったと思う。右腕、右腰を強打。鞄《かばん》は手から吹っ飛んでいる。

「転倒」という事態そのものがものすごく久しぶりで、一瞬呆然となる。雪道でこんな派手に転んだのは、初めてかも。

人間、非常事態に陥ると「そのまま」のことしか言えないものである。

「こ、転んだ……」

と、「見ればわかる」ことを口走る私。雪国出身で雪慣れしている同行者は、

「これだから東京の人は」

と、ニヤニヤしている。『北越雪譜《ほくえつせっぷ》』を読むと、「暖地の人は、雪を見てきれいだとか何とか言うが、雪国の艱難辛苦《かんなんしんく》を彼等はわかるまい」といったことが書いてあるが、雪国の人は、たまに雪と接してウットリしている暖地の者が、私のようにあたふたするのを見て、ほんの少しだけ溜飲《りゅういん》を下げるのかもしれない。腕と腰の痛みを抱えて、東京に帰る。

某月某日

転倒のショックが醒《さ》めやらぬある朝、乳液のボトルを持ったら手が滑り、落下した。すると、「パキン」という不穏な音が。眼鏡を外しているためほとんど見えていないのだが、どうやらボトルが、下に置いておいた眼鏡を直撃したらしい。よく見えない目をこらすと、どうやらさっきまで一つだった眼鏡という物体が、二つになっている。手にとってみると、鼻の部分でまっ二つに割れているではないか！

眼鏡を使用していない人にとっては、「眼鏡が壊れただけでショ？」という出来事かもしれない。が、私の顔は既に眼鏡と一体化している。コンタクトを使用のだ知らないのかも、どのようなもの自分の裸顔がもはや、ので無いことがした（見えないから）。そんな私にとって、眼鏡が壊れるということは、顔の一部が無くなったも同然。またもや私は非常事態に際して、

「眼鏡、割れた……」

と、そのままのことしか口走れない。

眼鏡を大切に扱う私は、長い眼鏡使用歴の中でも、眼鏡を壊したのは初めて。が、過去に一度だけ、「それまで使用していた眼鏡が突然、使用不能になる」という事態があって、それは大学時代のこと。

水上スキー部というクラブ活動をしていた私はその時、野尻湖《のじりこ》で合宿をしていた。水上スキーを滑る時は当然、眼鏡を外すわけだが、何せ顔と一体化しているもので、つい眼鏡をしたまま、水に入ってしまったことがあった。

「おーい酒井、眼鏡！」

と、ボート上の先輩から指摘され、「あ、そっか」と、再びボートに泳いで近づき、眼鏡を外し、立ち泳ぎをしたまま先輩に眼鏡をひょいと投げて渡した、その瞬間。

「あっ……」

と、先輩は手を滑らせた。水中にぽちゃりと落ち、ゆっくりと沈んでゆく眼鏡。野尻湖の水は透明度が高いので、

「あーっ!」

と言っている間にみるみる沈んでいく様が確認できるのだが、既に水上スキーの板をはいている私は、海女《あま》のように潜って取りに行くことはできない。かくして、深い野尻湖に沈んだマイ眼鏡。今頃はナウマン象の化石とともに、湖底で静かに眠っているに違いない。

……という事態があったわけだが、それ以来の眼鏡受難。過去の眼鏡、補欠の眼鏡など、予備の眼鏡はいくつか持っている。しかし私は、こと眼鏡に関しては一途なタチ。気に入ったものはとことんかけ続けるのだ。割れた眼鏡は、ここ五年ほど蜜月を過ごした愛眼鏡《まな》だった。

補欠の眼鏡をかけるが、どうも自分が自分でないよう。急いで眼鏡屋さんに行くと、「ニューヨークに問い合わせて交換できる部品があるかどうか」ということだった。

どうなる、私の愛眼鏡。私は眼鏡粉砕に大きなショックを受けていたわけだが、高校時代から通っているその眼鏡屋さんは、

「最近、近くのものが見えづらくって」
という私の発言に、
「女子高生だった酒井さんがもう老眼……」
と、ショックを受けていたのだった。あ、そっちですか。

某月某日

あの大震災から、一年が経った。テレビでは日々、震災を振り返る番組。まだ何も終わっていないことがよくわかる。

あの日のあの瞬間のことを、思い出す。それまでの私は、自分の人生の中で、戦争だの災害だの、大きな災厄には遭わないものだと何となく思っていたのだっけ。日本と日本人についた大きな傷を前に、ただ呆然としていた、あの日。

被災地とは比較にもならないが、あの瞬間から変わった東京のことも、思い出す。からっぽになったスーパーの棚、レジに並ぶ長蛇の列、皆で節電に徹し、その習慣は今も続く。そしてあの時、人々は皆、優しかった。

大きな傷を前に、我々は立ち止まって考えた。進歩し続けることが善であり、正しいことなのか、と。

そんな時に完成したのが東京スカイツリーであることは、実に皮肉だと思う。

旧約聖書の創世記で人は、

「さあ、天まで届く塔のある町を建て、有名になろう」

と言って、バベルの塔を建てようとした。神はそれに怒って、それまで一つの言語を話していた人類に、別々の言葉を与えたのだ。身の程を無視した進歩が不吉なものであることを、この話は物語る。「より高く」という欲求が具現化したスカイツリーという存在は、こんな時代において場違いそのものではないか。

しかし、たとえば母が寒い思いをして川で洗濯するのを不憫《ふびん》に思った息子が、洗濯機の開発を考える、といったことが「進歩」の動機なのだとしたら、「この進歩は良いが、あの進歩は良くない」という区切りを、どうやってつけるのか。

スカイツリーには鼻白む私も実は東京タワーは好きなのであって、三三三メートルの東京タワーと、六三四メートルのスカイツリーの間に、「進歩はこの辺りで止めておくといいですよ」というラインがあるというのか。「進歩の止めどころ」は、まだ見つかっていない。

花粉症

某月某日

春。うららかな日差し。まだ蚊もおらず、天気も良いこの季節のうちにしっかりと雑草を抜いておかなくては……と、庭仕事に精を出す。

地面では、冬の間は姿を消していた蟻《あり》達も、元気に蠢いていた。巣の脇にしゃがみ込み、小さな砂つぶを一つずつ運び出す働き蟻の姿をしばし眺める。子供の頃は蟻の巣に水を注ぎ込んだりしたものだったが、あれは労働の尊さを知らないが故の行為だった。

そして私も、蟻達を踏みつぶさないように気をつけつつ草むしり労働にいそしんだわけだが、くしゃみやら鼻水やらが、やたらとよく出るのである。体調はすこぶる良好で元気なのに、これいかに。家に入ってからも、くしゃみ・鼻水は止まらず、ハタと思い至る。「これって、花粉症なのでは?」と。

私は今まで、花粉症とは無縁に過ごしてきた。春になる度に苦しむ花粉症キャリアの気持ちを全くわからずに、「お可哀想に」と思っていたのである。

人は、それぞれの身体の中に「花粉溜め壺《つぼ》」のようなものがあり、その壺がいっぱいになってしまうと花粉症を発症する、という話を聞いたことがあるが、さっきの庭仕事の時に、私の花粉壺は許容量を超えて、決壊したのかも。まさか自分が花粉症になるなんて、とショックを受ける。

かめど尽きせぬ鼻水にへきえきしつつ、しかし私は春の力を実感したのだった。春という季節は、のどかでおだやかでうららかな季節だと、今までは思っていた。しかしこの頃、春というのは四季の中で最も激しく強いエネルギーを持っている季節のような気がしてきた。冬の間は枯れていた草木がいっせいに芽吹き、花を咲かせ、虫達は地中から顔を出し、気圧の変化は強風をもたらす。「のどか」とか「おだやか」と言うより、ほとんど暴力的なまでに力強い季節なのではないか。「寒い」というところで安定していた冬から春になると、体調を崩す人も多い。春の味覚である筍《たけのこ》やら山菜やらにも、実は強烈なエグ味が隠されている。春は、可愛い顔をして実は強烈な季節。春を甘く見てはいけないのだ。

入学式を秋に行う大学も増えているらしいが、日本人が入学式を春にしたがる気持ちも、よくわかる。木の芽時の気候と、興奮と緊張とで鼻血を出しそうになっているフレッシュマン達の姿は、確かにマッチするのだ。そして、そんな彼等を見ているこちらまで、鼻血が出そうになってきて頭がボーッとしてくるのは、春の濃厚さのせいなのか、それとも花粉症のせいなのか……。

某月某日

福島の飯坂《いいざか》温泉に来ている。福島の若者達が行っている、「FOR座REST大学」というイベントに参加するため。

このイベントは、二〇〇六年から行われているのだが、昨年は震災のため、鎌倉にて実施。今年は福島に戻ってきた。イベント全体を大学に模して、音楽やらアートやら、様々な文化に関する「講義」が行われるのである。細野晴臣《ほそのはるおみ》さん、ハナレグミさん、アン・サリーさん、コンドルズさんなど、ゲスト講師はとても豪華。そして不肖私、東北愛と福島愛を、地元の若者達と共に語るという講義のようなものをさせていただいた。

飯坂温泉の大きな旅館がキャンパスの一つになっているのだが、参加者、スタッフ、出演者がごちゃまぜになって、あちこちで飲んだり食べたりしゃべったりと、とても楽しい。「学食」とされている和室もあって、そこでは餃子やカレーなど、地元の美味しいものが食べられるのだ（福島は、実は餃子の名所でもある）。学食にて袖振り合った者同士、美味しい食べ物の話から原発の話まで、会話が弾んでいく。

スタッフの若者達は誰も彼もが爽やかで気持ちがいい。彼等と話せば、どんな人でも福島のことが好きになると思う。彼等は、今の福島において、人を集めるようなイベントを開くのはどうなのだ、とネット上で非難されたこともあったという。が、参加者達は皆、自分で判断し、選択して、福島にやってきた。

福島については、県外の人も「行っていいのか、いけないのか」がわからないところがあると思う。放射能の問題のみならず、「今の福島を見てみたい」という気持ちが、福島の人を傷つけるのではないか、という危惧《きぐ》も私達にはある。

しかし彼等は、

「来てもらえると、すっごい嬉しいんですよ！　福島に来て、つまらなかったって言われるのが悔しいから、楽しいところをいっぱい見てもらいたい」

と言う。来てよかったんだ、と私は思う。

震災と原発事故の後、広島や長崎そして沖縄など、苦しみを知る土地の人達の気持ちがよくわかった、とも彼等は言うのだった。そして苦しみを知る人達は、福島の人にとても優しいのだ、と。

明るく元気でお洒落な福島の若者達の中に隠されている悲しみは、計り知れない。が、前例のない事態が続き、正解を誰も示してくれない中で、何とかしようと動き続ける彼等の姿は、眩しく光っている。

そんなイベントの興奮さめやらぬ夜、旅館の一室で私は同行の友人知人達と、興奮に任せておしゃべりを続けていた。と、そこにノックの音。戸を開けると、そこには割烹着《かっぽうぎ》を着た謎の美女が。

そういえばさっき、宿の女将さんから「鍼灸《しんきゅう》とかマッサージに興味ないですか？」と聞かれて、「あります！」と即答したのだっけ。イベントのパンフレットにも、「スーパー鍼灸師」さんが参加していると書いてあったけれど、こんなに若くて美しい鍼灸師さんだったとは〜。スーパーと言うより、「美しすぎる鍼灸師」！

さっそく、美しすぎる鍼灸師さんに身体を見ていただく。普段、マッサージをしてもらうことはあっても、ちょっとハードな印象があって鍼灸はしないのだが、彼女のソフトな雰囲気に身を任せているうちに、いつの間にか身体のあちこちに鍼《はり》が刺さっている。そして、人生初のお灸にもトライ！　お灸というと、子供の頃に祖母がよくしていたのを思い出す。祖母はとてもつらそうな顔で熱さに耐えていたし、やけどの痕のようなものが残っていて、「お灸だけはしたくない」と思ったものだっけ。

しかし美しすぎる鍼灸師さんは、「生姜灸」というものを用意して下さっていた。生姜スライスの上にもぐさを載せて火をつけるので、マイルドなのだ。どんなに熱いのか……と緊張していたけれど、耐えられなくなる前に外してくれるので、全くつらくない。お灸も進歩しているのだ。

お腹にすえたお灸からは煙がたちのぼり、頭には鍼。お風呂から戻ってきた知人は、「ど、どうしたの！」と私の姿に驚くが、本人はとてもいい気持ち。「私も！」「私も！」と、友人知人達に鍼灸の順番が回っていく間に、私はすっかり深い眠りに落ちていたのだった。美しすぎる鍼灸師さんは、「美人鍼」という技も持っているのだという。次はそちらにトライしてみたい……、と願いつつ。

某月某日

新宿駅から山手線《やまのて》に乗った。少し混んでいて座れなかったので、つり革につかまって外を眺める。ちょうど桜も見頃で、冬の間は存在感を消していた桜の木が、「どう?」とばかりにあちこちで咲き誇っている。

ふと気づくと、ずっと尻に何かが触れている。「この季節、電車の乗り方を心得ていないフレッシュマンが多いから、鞄か何かを突き出している人がいるに違いない」と、自分の臀部《でんぶ》を目視してみたところ、それは鞄ではなく、男性の手だった。

えーと……、間違えて触っているのだろうから、これは私が移動してあげないと、と身体を動かすと、どちらに身体を動かしても、私の動きに合わせて手もついてくる。??? これは意識的に触っているということか?

イマイチ判断がつかないのは、私が今まで一度も、電車の中で身体を触られるという、すなわち痴漢に遭遇したことがないからである。そしてごく普通に考えれば、花粉症発症以来マスクをしていて顔は隠れているとはいえ、四十代の尻を触る人もいないだろう。

痴漢に遭いやすい人とそうでない人というのは、はっきりと分かれている。高校生時代、痴漢に遭いやすい子というのは、決まっていた。純朴そうで、触られても困ってモジモジするだけの自己主張がはっきりしないタイプが、被痴漢パーソナリティー。

そして私は、番茶も出花の時期でさえも、ピクリとも痴漢に遭わなかった。子供の頃から、露出狂や変質者には何度か出会ったことがあるが（幼女の周囲には危険がいっぱい！　皆さん、女の子の養育にはくれぐれも注意しましょう）、電車での痴漢とは無縁だったのである。

それは、私が電車通学ではなかったせいだけではなかろう。露出狂や変質者は、相手を選ばない、いわば行き当たりばったりのところがあるが、電車の痴漢は相手を選ぶ。痴漢の人々に、「こいつを困らせてみたい」といった気持ちを起こさせないタイプは、どんなに混んだ電車からも無傷で生還できるのだ。

……しかしこの期に及んで痴漢って、あり得るのだろうか。これって、番茶も出がらしとなった中年期の自意識過剰？　と千々に心は乱れるのだが、その間も手が尻に触れているのは事実である。

そして私は、決心する。「これは痴漢だということにしよう！」と。するとその時、目の前の座席が空いた。初々しいお嬢さんであれば、痴漢から離れようと、席には座らず遠くに逃げるのだろうが、こちとら中年。「痴漢の顔を見てみたい！」という好奇心に勝てず、素早く座席に座って痴漢（ということにした人）

の顔を見る。坊主頭の、三十代後半くらいか。は〜、この人がねぇ。……と思っていたら、今度は彼が、自分の脚で私の脚にすりすりと触れてきた。これ、本当に痴漢かもなー。

痴漢（になってもらった人）は、次の駅で下車した。さようなら、初めての痴漢……。と別れを告げつつ、桜の盛りの痴漢記念日を、忘れないようにする。

その後、同世代の友人達と集まる席において、

「私、電車で痴漢に遭ったかも〜！」

と意気揚々と報告すると、

「妄想なんじゃないの？」

「相当な熟女専？」

というまっとうな意見の他に、

「いいなーっ！」

と歯ぎしりをする人や、

「それって、もしかしてモテキ到来ってことじゃないの？」

という前向きな意見も。

高校生時代、「電車の中で痴漢に遭った」と、朝の教室で泣いている子がいた

ものだ。それから時はずいぶん流れて、あの時に泣いていた女の子は、

「いいなーっ！」

と言うようになったわけですね。

鎌

某月某日

いつも行っているスポーツジムに、「体験ヨガ教室」の張り紙が出ていた。ヨガというものをしたことがない私、「やってみたい！」と、申し込んでみる。

スタジオにて、十人ほどの人が集まって、ヨガ教室開始。いかにもヨガの先生という感じの、すらっとした若い女性が指導して下さる。生徒は、十人のうち九人が女性、男性一人。すなわちスタジオの中に黒一点ということで、「やりにくいだろうな〜」と思う。

ヨガとは、ストレッチの高度なもの的なイメージを持っていた私。が、いざ始まるとこれがキツい。柔軟性のみならず、筋力も必要なのであり、身体の色々なところがぷるぷると震えてくる。黒一点の男性は、明らかに苦戦しているらしく、一人だけ妙なポーズをとっていたりするのが微笑ましい。

が、男性のことを笑ってはいられない。私も、先生がこともなげにとるポーズを、やっとのことで真似《まね》する感じ。尻を頂点に、逆V字の形を作るポーズの時は、頭に血が下がりすぎて、血管が切れそう。

……と思いつつ、ふと横の鏡を見てみたら、私の額の中央には本当に今にも切れそうなほどにクッキリと、二本の太い青筋が浮いていた。それはミミズレベルどころではなく、うどん、それもかなり太打ちうどんレベルの血管で、自分の顔ながらものすごく怖い。普通、青筋といったらこめかみ辺りに浮くイメージがあるが、私の場合は本当に、額の真ん中を二本の血管が縦に貫いているのだ。この顔は他人には絶対に見せたくない！

青筋を立てつつ、ヘトヘトになってヨガ教室を終えた後、いつもの担当トレーナーさんと、

「……というわけでヨガ中、額に青筋が浮いててビックリしちゃった」

などと話していたら、

「酒井さん、いっつも青筋浮いてますけど？」

と、彼女。何でも、少しでも頭を下げたり、力が入ったりすると、私は一発で額に青筋が浮くのだとのこと。

私は今まで、自分が「青筋が浮く人」だとは全く知らなかった。そんな簡単に浮くということは、あんな時やこんな時にも、ひょっとして私は額の真ん中に青々としたスジを浮かび上がらせていたのか？
自分の顔というのは、実は自分が一番わかっていないものなのかも。今まで、私の青筋に対して見て見ぬフリをし続けてくれていた多くの人々に、感謝の念でいっぱいである。

某月某日
休日、新宿から特急さざなみに乗って、房総半島へ。友人が海辺で田舎暮らしをしているので、遊びに行くのである。
安房国《あわのくに》の血が四分の一ほど入っている私。子供の頃は、夏休みの度に外房《そとぼう》で海水浴をしていたため、房総の地には強い親しみを抱いている。房総半島特有の槙《まき》の生け垣が続く風景が見えてくると（房総は、日本で最も生け垣が多い地ではないか）、懐かしさと嬉しさが湧いてくる。
友人が飼っている賢い犬と浜で遊んだり、道の駅で買い物をしたり。東京の隣の県とはいえ、房総半島まで下ってくると、「東京の隣」という感じは薄れる。

湘南のようなお洒落スポットでもないので、人もさほど多くないし、大変にカジュアル。

そういえば海辺で暮らしたいと湘南に移住した友人は、「海が近いっていうのはいいんだけど、こっちの人って妙にお洒落だから、ジャージとビーサンでは出かけづらいのよねー」と言っていたっけ。その点、房総では、ジャージ&ビーサンが正装であり盛装、という感じ。あー気楽。

地元出身の人に聞いたら、「房総の人は、あばらが一本足りない」という言い方があるそうだ。その昔、房州の船には、〝あばら〟という部分がなかったことから来ているらしいが、気候も温暖でのんびりしているので、人間もまた「あばらの一本くらい、どうでもいいんじゃないの?」的なザックリ感があるというニュアンス、とてもよくわかる。

私のあばらも溶け気味になってきた頃、「ホームセンターに行こう」ということになった。ホームセンターという場所は、東京にいるとなかなか行く機会が無い。一度行ってみたいと思っていたのだ。

地方の街道沿いによくあるタイプの、巨大駐車場を備えた巨大店舗へ。見慣れぬビール缶が積んであると思ったら、そのホームセンターのプライベートブランドの発泡酒。

「こんなものまで作っているの！」

と驚いたのだが、有名メーカーの発泡酒より安いため、売れ筋商品なのだとのこと。

広すぎてどこから見たらいいかわからないのだが、私には欲しい商品があった。私は農婦帽と呼んでいるのだが、農家のおばちゃんが農作業時によくかぶっている、顔全体を覆う日よけ帽子が、庭作業用に欲しいのだ。今まで、地方に行く度にスーパーなどで見て「欲しい！」と思っていたのだが、旅先で買っても持ち帰るのが困難だし……と、手を出せずにいた。

東京のおばちゃん達は、日差し対策として、つばの部分が異様に大きく、かつサングラスのようになっているサンバイザーをよくかぶっている。実は我が家にもそのサンバイザーがあるのだが、顔のサイドからの日差しに対する不安が残る。

「やはり、農婦帽が欲しい」と思っていたのだ。

そして帽子コーナーに行ってみると……、あるわあるわ農婦帽。つばの大きさも様々だし、フリルがついていたりいなかったり、ブルカ様のものがあったり、実に種類豊富で、もちろん全てがUVカット。

「餅は餅屋だね〜」

と、我々は感動しつつ、帽子を選んだ。私は、スタンダードなタイプの最もつばが広いもので、ちょっとシックなチェック柄・四九八円をチョイス。近くに置いてあった、帽子の上からかぶるタイプの防虫ネット（よく養蜂家がかぶっているもの）も購入。これで夏の蚊対策もバッチリ！

さらにうろうろしていると、「ウエストらくらく作業ズボン」というものも発見した。これもまた、私が欲していたもの。しゃがみ込んで土いじりをする時、ズボンのウエストが腹に食い込むのはとても不快なのだ。色はカーキで、コンビニくらいだったら行けそう。ウエストはらくらくな割に脚の部分は細身だな……と思っていると、

「長靴にインするから」

と、友人。なるほどね。一四八〇円という価格に「ちょっと高いのでは？」と思ってしまうも、購入決定。

長靴コーナーも、種類豊富である。長さも色々、折り畳んで持ち運べるものも。しまいには地下足袋《じかたび》も欲しくなってきたが、「いやいや、さすがにそれは使用し

ないだろう」と、冷静になる。

長靴コーナーでは、若い女性が、アジア系外国人の夫に、長靴を選んでいた。彼はどこかの国から、安房国に婿に来たのであろう。農業研修で出会ったのか。そして隣の防虫コーナーでは、外国人嫁と何やら相談する、日本人男性の姿が。日本の現在の第一次産業を支える人々が、そこにいる。

そして私は、もう一つの欲しいもの「鎌」を探した。我が家にある鎌は、今生きていれば一二〇歳という父方の祖母が購入したものであるため、既に錆《さ》びついている。笹とドクダミが大繁茂している今、切れ味の良いニュー鎌がぜひ必要なのだ。

農業地帯のホームセンターだけあって、鎌も実に種類豊富。鎌を買うなどということは生まれて初めてであるため、どう選んだらいいのかよくわからない。が、死神でもないのであまり大きなものではなく、ちょっと小粋なサイズのものの中から、錆びにくいステンレス製で、笹《ささ》刈りにも適しているというものにする。グリップは滑りにくいゴム仕様になっているところがまたいい。眺めているうちに、近くにおいてあった鍬《くわ》や鋤《すき》なども欲しくなるが、これも地下足袋と同様、冷静になって我慢。

さらにプロっぽい農業用品売場に入っていくと、珍しいものがたくさんある。

「こういうのも売ってるんだ……」

と、果物にかける袋をしげしげと眺めていると、隣にいたおばちゃんがおもむろに、

「これ、トウモロコシに合うと思う？」

と聞いてきた。

何でも、トウモロコシが鳥に食べられないよう、鳥が嫌うネットをかけたいのだが、どのサイズがトウモロコシに合うのか、と思案していたらしい。

おばちゃんは一応、細長い形状のネットを手にしていたので、

「たぶんそれでいいんじゃないですかね？」

と答えてみたのだが、内心は「あのー、私はたぶん今、このホームセンターにいる人の中で、最もその質問を投げかけてはいけない者だと思うんですよね……」と思っていた私。カートの中に、農婦帽やら作業ズボンやら鎌やらを入れていたので、おばちゃんは私を農家の人だと思ったのかもしれないが、しかし私は観葉植物すら育てることができない文弱の徒。

「鳥と人との根比べだからさー」

と言うおばちゃんに、「ネットのサイズが間違っていたらごめんなさい！」と、心の中でつぶやいていたのだった。

某月某日

楽しかった房総の旅を終え、ふたたび特急さざなみに乗車。手にはホームセンターの袋、中には鎌。これが飛行機だったら、絶対に手荷物として持ち込むことができないものである。

家に戻って、我慢できずに早速、ニュー鎌を取り出して笹を刈ってみると……さすがの切れ味。繊維質が強い笹の茎も、難なく切断！

よく切れる包丁を使っていると料理も楽しくなってくるが、庭仕事にしても然り。ニュー鎌と、そしてどんな日差しもカットする農婦帽を入手した私は、さぼりがちだった庭仕事に精を出すようになってきた。いや何事も、道具から入るってけっこう大切なことですね。

介護

某月某日

能登《のと》に来ている。能登の田園風景は、本当にきれい。青々とした田んぼと、白壁に黒い瓦、黒い柱という、チューダー様式のような農家。どっしりとした農家の佇まいに、見ほれる。

そんな農家が民宿になっているところがあり、そちらに宿泊。田舎の家の間取りは、東京と比べると考えられないほど贅沢《ぜいたく》なものだが、能登の農家もまた然り。土間では馬が二、三頭は飼えそうだし、玄関を上がってすぐの、言うならば玄関ホールのようなスペースでは、新体操ができそう。そしてどのお宅にも、立派な囲炉裏《いろり》と、立派な仏壇がある。

真宗王国と言われる北陸地方では、仏壇の立派さが、その家のステイタスとなるらしく、客が来たらまず、仏壇を見せるのだそう。奥のお座敷に幕があるので、

「ここにもしやカラオケとかするステージでもあるのかな？」と思ったら、その幕を開けた向こうには、巨大かつ黄金と漆《うるし》のコントラストが豪奢《ごうしゃ》な仏壇が。それはまるで極楽浄土のような存在感で、こんなに立派な仏壇を見たのは初めて。軽くベンツが買えるような値段なのだろうな、と想像がつく。

東京の我が家にある仏壇は、ほとんど新聞紙サイズの、ごくコンパクトなもの。それも、金箔《きんぱく》も漆も使用していない木製で、ただ位牌《いはい》を置いてあるだけ、という感じ。北陸の人が見たら、目を丸くする簡素さではないか。

ベンツのような仏壇は、しかし豪壮な農家の建物には、しっくり合っていた。広すぎて薄暗い家の中で、漆の部分は濃厚で艶のある闇を作りだし、また黄金の部分は、わずかな光を受けてぼうっと輝く。まさに『陰翳礼讃《いんえいらいさん》』の世界なのだ。

冬は陰鬱《いんうつ》な天気が続く北陸で、この仏壇の存在感は、重要なものなのかも。黄金に輝く仏壇に、人々は希望を、そして極楽浄土を、見るのではないか。

夜、お風呂に入ったら、五右衛門風呂だった。これまた私には初体験のものである。壺のような形の湯船に、板が浮いている。「ははぁ、これを踏んで入るわけね」と、ズブズブ。実はこのお風呂、お湯を湯船に直接入れることもできる、「五右衛門プレイ」風呂らしいが、プレイとはいえ野趣あふれる気分に。

五右衛門風呂に浮いている板は、薪《まき》で直接焚《た》いた時、火傷《やけど》をしないためのものである。

昔は水を汲《く》んだり薪を割ったりしなくては風呂に入れなかったわけだが、今やボタンを押すだけで、二十分後には入浴可能に。薪で風呂を焚いた経験があるわけではないが、あのボタンを押す時、いつも「こんなにラクしてごめんなさい」と、一抹の罪悪感を抱く。いくら何でも簡単すぎるだろう、と。

私の後で風呂に入った若い同行者は、

「えっ、あの板って、踏んで入るものだったんですか？ 変な蓋だなーって思って、外して入っちゃった！」

と言っていた。ま、そらそう思うよね。今や五右衛門プレイも、若者には通じない。

某月某日

所用があって、親族が集まった。一人の叔父は入院中なのだが、外出許可をとって、出て来ている。ところが、皆都合があるため、帰る時に叔父を病院まで送っていく人がいないではないか。そこで自由業の私に白羽の矢が立ち、

「順子ちゃん、タクシーで送っていってくれる？　よろしくね」

ということになり、叔父と一緒にタクシーに乗り込む。現在叔父は歩行が困難なため、トランクには車椅子が。

叔父は病気のため、滑舌が今ひとつはっきりしない。タクシーの中で、叔父の言葉に耳を傾けつつ、わからないところは適当に想像しつつ、

「ふーん、なるほど」

などと相づちをうつ。ちょっと叔父が咳《せ》き込んだりすると、「突然病状が悪化したりしたらどうしよう！」と、ちょっと緊張。

考えてみたら私は、この手のことをするのが初めてなのだ。父が他界する前は病院に入院していて、手が必要な場合はほとんど母が行っていた。私はお見舞いに行くくらいで、実質的な看護も介護もしなかったと言っていい。

そして母が他界する時は、ほぼ突然死状態だったので、これまた看護も介護もしないままに終わった。

結婚をしていれば、舅《しゅうと》・姑《しゅうとめ》の介護をすることにもなったのかもしれないが、結婚していないのでそちら方面も無し。

子育てもまた、「自分で日常生活ができない人の手助けをする」という意味で

は、介護の一種なのだろう。が、もちろん私には子もいないわけで、子供の世話もしたことがない。

叔父と話とも言えない話をしつつ、「そうか、私は他人のおむつを替えたことが無いのだな」と思う。姪はいるものの、気が利かない叔母である私は、姪っ子のおむつを替えたことがなかった。最近、トイレに一緒に入ることはあるけれど、もう四歳なので自分のことは自分でする彼女。介助といえば、手を洗う時に蛇口に届くよう、持ち上げてあげるくらいか。

子育てもとても大変なことであるが、介護経験者達は、

「子育ては、成長していく喜びがあるでしょう。でも介護には……。そして介護中って、出口が見えないのが、一番つらいのよ」

と言う。それは実際に介護の日々を送った人でないとわからないつらさであることを考えると、「このノー介護人生ってどうなのだ……」と、申し訳ない気持ちになる。せめて叔父さんを、無事に病室まで送りとどけなくては。

そうこうしているうちに、タクシーは病院に到着した。叔父を車椅子に乗せるわけだが、これがまた、やり方がよくわからない上に、叔父はガタイが良いときている。運転手さん、病院の警備員さんにも手伝っていただき、やっと移し替え

成功。そして車椅子を押して、エレベーターに乗って病室へ到着。

……と、私がしたことはたったそれだけなのである。病室に入れば、あとは看護師さん達が面倒をみて下さるのであるが、介護未経験者の私は、病室に到着したことだけで、一種の達成感を得ていた。自分の親ならまだしも、叔父とはいえ他人の親。途中で何かあったらどうしようと思っていた。

自宅で介護をしていたり、また長年の介護生活をしている人は、どれほど心身をすり減らしていることか。人を一人生かし続けること、そして人が一人生き続けることの大変さを、初めて介護の真似事をしてみて、ほんの少しだけ実感する。

某月某日

夜、女友達と「サニー」という韓国映画を見た。

韓国映画と言った時、友人は、

「韓流？　私、そういうの見たことないし、苦手かも」

と言っていたが、この映画は、その手のものではない。私も今まで、いわゆる韓流映画は見たことがなかったのだが、この映画は、格好いい俳優が出て来てその恋人役が交通事故で死んでしまい……とか、そういったものではなく、女の友情もの。

主人公は、恵まれた生活をする四十代の主婦・ナミ。ナミが母の見舞いで病院に行くと偶然、余命いくばくもない状態で入院している高校時代の友人・チュナに会う。美人で姉御肌のチュナは、女子高時代の仲良しグループのリーダーだった。そしてチュナは、「死ぬまでに、グループのメンバーに会いたい」とナミに頼む……。

主人公達の年代も、女子高出身というところも、身につまされるところが多すぎるこの映画。グループのメンバーを一人ずつ探していけば、それぞれ人生の山だの谷だのを味わっている。笑って泣けて、後味は爽やかという、面白い映画だった。

見終わった後、女子高時代の同級生である我々は、感想戦に入った。

「不治の病になったら、告知してほしい?」

「そりゃもちろん! とりあえずは、恥ずかしい持ち物をみんな処分しなくちゃならないじゃないの」

「そうよねー。私が死んだら私のパソコンが爆発するようにしておきたい……」

などと、現実的な話に。

そして、叔父のプチ介護をしたばかりだった私は、

「子がいない我々としてはさ、最後に誰に介護をしてもらうかも、大きな問題よね。チュナは大金持ちだったからよかったけど」

というところも、気になった。映画において、チュナは独身なのだが会社経営者で、経済的にはとても豊かという設定。

「チュナくらい余裕があれば、死ぬ時もケチケチしなくていいのにね」

「そうよ、いい個室に入院していたもの、チュナは。やはり我々も、せいぜい死ぬ前にお金を貯《た》めておかなくてはならないのでは？」

「でもさ、余命がはっきりわかっていればいいけど、いつまで生きるかわからない状況で床に臥《ふ》すっていうのが、一番つらくない？」

「まさに、地獄の沙汰も金次第、だわねえ」

と、さらに話題は現実的になってくる。

少子化時代の今、「私は自分の子に介護してもらえる」と確信を持てる人は、案外少ないのではないかと思う。特に昨今の親は、「子供に迷惑をかけたくない」という思いが強いので、子の世話になることを躊躇するのでは。

父が危篤の時、枕頭《ちんとう》に立ちつつ、「こうやって、子が親を看取《みと》るっていうのが、

自然の摂理なのであるなぁ。やはり人は、子を生《な》しておくべきなのだなぁ。私って、一体どうやって死ぬのかなぁ」と、ぐるぐる思っていた記憶があるが、しかしまぁ、子を生さなかったものはもう仕方がない。

「我々は、老老介護ならぬ、友友介護をし合いましょう」

と、友と話す。

「しかし若いうちならまだ余裕をもってできるかもしれないけど、年をとってからだと、友友でありつつ、老老になるわけで……」

「確かに。子のいない友人達で介護し合うのはいいけど、誰かが最後に残ってしまうわけでしょう？　その人はどうする？　さんざ友人の介護をして、最後は自分一人ぼっちなのよ」

「常に若いメンバーを補充するのがいいのだろうけど、介護し合えるほどの友情が、昨日今日で育まれるわけもないしねぇ」

ということに。

友友介護というケースはこれから増えていくと思われるが、それにつれて問題点も多々、出てくるだろう。負担が重すぎるとか、つい見返りを求めてしまうとか。気持ちの行き違いで長年の友情が決裂するケースも、頻出するに違いない。

「でもまぁ、今から悩んでいてもしょうがないし……。とりあえず、何か食べに行こうか」

「そうしよう！」

と、不安を打ち消すかのように、我々は歩を進める。四十代の早すぎる死であるけれど、誰にも迷惑をかけず、というより死して友に様々なものを遺《のこ》したチュナが、歩きながら少し羨ましく思えた。

子育て

某月某日

近所にパン屋さんができた。嬉しい。ものすごく、嬉しい。

少し前、工事中の店舗の看板に「ＢＡＧＥＬ＆ＢＲＥＡＤ」の文字を見た時は、嘘ではないかと目を疑ったものだ。こんな、お洒落度０％の住宅街に、ベーグルもあるような今風パン屋さんができるなど、夢のような話。

私の住む町は、「普通の住宅地」としか言いようのない場所である。あるのはチェーン店ばかりで、生活の用は十分足りるけれど、それ以上の心の充足は、町の外に出ないと得られない。今時、どこの町にもありそうな天然酵母系パン屋さんも洒落たカフェも、この町とは無縁のものだった。

この町に引っ越す前、十五年ほど住んでいた町にも、その手のものはなかった。都心に近い場所だったにもかかわらず、パン屋さんのみならず、薬屋さんも本屋さんも喫茶店も、そしてまともなスーパーもない、そこだけ真空地帯のような不思議な町だったなぁ（そもそも、町じゃなかったのかも）。

　不思議な町から住宅地へと引っ越した直後、タクシーで不思議な町を通ったら、パリっぽいお洒落パン屋さんと、お洒落カフェができているのを発見。私が去った途端に店ができるとは……と、パン屋運もカフェ運も無い自分を呪《のろ》ったものだ。

　そんな人生であるからして、徒歩三分のところにパン屋さんができたことが、信じられない気がした私。嬉しさのあまり、オープン直後に早速行ってみると、山崎パンとは明らかに一線を画した素敵なパンの数々、ちょっとしたケーキやクッキー。そして働いているのは、いかにも「子供の頃からパティシエになりたかったんです」的な、若くて化粧っ気のない女の子達。「近所の美味しいパン屋さんへ、ぶらっと買い物」という行為に憧れていた私は、初めての「近所のパン屋さん」に、大興奮。

「こんな日がやってこようとは……」

　と、ついがっついてパンを買ってしまった。

　見ていると、お客さんはひきもきらない様子。やはりこの近辺の住民達は、私のようにパン屋さんの登場を待ち望んでいたに違いない。「このパン屋さんがつぶれないように、せいぜい買い物をしましょうね！」と、心の中でお客さんに語りかけつつ、店を後にした。

某月某日

昼過ぎにパソコンに向かっていると、兄から携帯にメール。

「○○（兄の妻）が高熱を出してしまったので、今日××（姪・四歳）を夜まで預かってくれない？」

というもの。あらー。

兄一家はよく遊びに来るので、姪も私には慣れている。とはいうものの、姪が一人だけで我が家に長くいたことはない。兄からのメールには「お風呂、夕食もお願いできると有難い」という続きがあって、「別にいいけど、子育て経験ゼロの私に半日も預けていいわけ？」と不安が渦巻いた。

とはいえ、よほど困っているからこその依頼メールであろう。その日の午後に予約していた卓球のレッスンをキャンセルし、「了解」と兄に返信した。

しかし兄妻が発熱ということは……、とすぐにスーパーに走り、兄に持たせるおかずを作り始める。兄は母が他界した時、突然、

「俺は料理マザコンだったのだ」

とカミングアウトしてシオシオしていた人なので、せめて妹の味でも持たせてやろうと思ったのだ。

おふくろの味といえば、ということで肉じゃがなど作ってみたが、実は私の母親は主に洋風の料理を得意としており、肉じゃがの味は記憶に無い。が、ここは世間のイメージにおけるおふくろの味で行こう。

肉じゃがを煮ている時に、幼稚園から姪を車でピックアップした兄が登場。姪を置いて、兄は仕事に戻る。

一人になった姪は一瞬、不安気な顔をした。「どうしよう〜、ここで泣かれたら！」と思い、

「リカちゃん持ってこようか！」

と、気をそらしてみる。姪のリカちゃんは数体、我が家に常駐しているのである。その手にすぐにひっかかり、

「持ってこよう！」

と姪。

「じゃ、とってきて〜」

と、二階に行くのが面倒臭い叔母は、四歳児をこき使った。

その間、肉じゃがの調味を進めていると、

「何してるの？」

と、リカちゃんをとってきた姪。

「肉じゃが作ってんの。一緒に味付けする？」

と、誘う。姪は好き嫌いが多いので、「一緒に作ったら肉じゃがも食べるようになるかも。これって食育ってやつ？」という目論見《もくろみ》も。

「するー」

と乗ってきたので、砂糖や醤油を投入させる。楽しんでいる様子なので、「味見してみる？」と聞いてみると、

「しない」

とキッパリ。くっそー。

肉じゃが完成後、リカちゃん遊び。リカちゃんの修学旅行というものに付き合う。

リカちゃんに飽きてきたので、外にわんわんを見に行くことに。姪は大の犬好きなのである。

姪は、お散歩中のわんわん達に、片っ端から近寄って、

「触っていいですかーっ！」

と積極的に尋ねるのだった。私も毛の生えた生き物は嫌いではない。ご近所さんがシベリアンハスキーを歩かせているのに出会い、姪と一緒に撫でようと思ったら、ハスキーちゃんは嬉しかったのか立ち上がって、私とがっぷり四つの状態に。その状況を見て、姪の腰は明らかに引けている。ハスキーと別れた後、

「……大丈夫だった……？」

と、心配されたのだった。

犬との触れあいにいい加減疲れた頃、親しい奥さんのお宅の前を通りかかる。

「そうだ、ここに上がらせてもらえば……」と、アポなし訪問。住宅街に引っ越して以来、専業主婦の世界では、お裾分けのためのアポなし訪問などが頻繁にあるということを体感していた私は、「ま、いっか」と思ったのだ。

案の定、その奥さんは、

「あ〜ら、いらっしゃい！」

と、快く我々を迎えて下さった。いつでも他人を家にあげられるとは、さすが専業主婦。

「大きくなったわねー！」

と、姪も歓迎して下さってありがたい。

たまたまアンパンマンの番組を放送していたので、姪は、テレビの前でフリーズ。その間私は、奥さんが淹れて下さったお茶とお菓子で一息ついた。子持ち主婦達はよく、ママ友の家に集合するというが、その気持ちわかるわぁ。

一時はアンパンマン中毒になっていた姪だが、最近は、

「私もう、アンパンマンは卒業したの」

と言っていた。しかしまだギリギリ効き目はあるらしく、静かにテレビ鑑賞している。

姪のアンパンマン卒業宣言は、何だか寂しかったものだ。卒業後、彼女の興味がどこに向かったのかといえば、プリキュアとAKB48。プリキュアはまだわかるとしても、

「あいおんちゅ～！」

などと歌う彼女を見ると、「もうそっちに行っちゃうの～。叔母さんは寂しい!!」と思う。

それだけではない。姪っ子が一瞬、自分のことを「ウチ」と言っているのを、

私は聞いてしまったのだ。ここしばらく、女子高生達が自分のことを「ウチ」「ウチら」と言っているのは、聞いていた。小学生の娘を持つ友達が、

「うちの子、もう自分のこと『ウチ』とか言うのよ。お姉さんがいる友達から広まるみたい。お父さんからガッチリ怒られてたけど」

と言っていたのも、もう数年前のことか。しかしその一人称が、既に幼稚園児まで広がっていたとは。この子が「まじウザくね？」とか言い出すのも、そう遠くない未来なのかも……と思うと、叔母さんはまた寂しくなってくる。


　家に戻ったら、次は入浴。まだ恥じらいの感情はうまれていないらしく、スポポーンと潔く全裸になって、お風呂へ。一緒に風呂に入り、船のおもちゃなどで遊ぶ。「シャンプーは嫌いだ」と言うが、シャンプーもする。おお、メリットのコマーシャルみたい。子育てって感じですね。


　さらに夕ご飯を食べさせ、ボウリングごっこやかくれんぼをしている時に、やっと仕事を終えた兄がお迎えにやってきた。かくれんぼで盛り上がっていた姪は、

「やだー！　帰りたくなーい！」

　と叫ぶ。ちょっと嬉しい。

「じゃあ、お泊まりしてく～？」

などと言ってみるが、もちろん私は帰らせる気満々である。初めての子育てに、私はもう限界寸前。これを毎日続けるって、専業主婦の皆さんは本当にタフですね。私だったら絶対、働きに出るなぁ。

ようやく、

「ばいばーい」

と肉じゃがを持たせて姪と兄を見送った後、ソファーに倒れ込んだ私。「孫は来てよし、帰ってよし」と世の祖父母の皆さんはおっしゃるが、その気持ちが痛いほどわかる。さてと、仕事しよ。

某月某日

ひょんなことから、ＥＸＩＬＥのコンサートに行くこととなった。もちろん、初めて。所は、東京ドーム。

大人気グループである、ＥＸＩＬＥ。おじさんおばさんは、「あのデコトラの運転手さんの集合みたいなグループ？」といった反応だが、二十〜三十代の人に「ＥＸＩＬＥのコンサートに行くんだ」と言うと、

「いいないいなーっ！」

と、激しく羨ましがられる。今時の人は、「とりあえずＥＸＩＬＥ好きって言っておけば無難」という感覚らしい。

ドームに入ると、さすが大人気のグループ、という感じで、ステージにはたっぷりお金がかかっている。メンバーが派手なフロートに乗って登場すれば、ドームいっぱいの五万人のファンは、一気にヒートアップ！

しかし私は、彼等の姿を見て意外な感じがした。メンバーが、やけに礼儀正しいのである。メンバーは十四人（当時）もいるのだが、手を振る人もいれば、ファンに対して丁寧にお辞儀をする人も。ＥＸＩＬＥといえば外見から不良っぽいイメージがあるが、この営業マンみたいな姿勢は何？　さらには、フロートの上に何人もの男性達がいて手を振ったりお辞儀をしたりしている様は、選挙運動のようでもある。

コンサートが始まると、「ＥＸＩＬＥの曲を、ほとんど知らない」ということに私は気づいた。次々と曲を聞き流してはいるのだが、どんなに盛り上がってもメンバーの礼儀正しさだけは、印象に残る。普通の歌手だったら、

「みんな盛り上がってるかー？」

と言うところを、

「みなさん盛り上がってますかー?」

と、敬語。さらには、

「まだまだ行きますよーっ!」

と、あくまで敬語を崩さないのは、実業家でもあるというリーダーのHIROさんの教育のたまものなのか。

ヤンキーは上下関係に厳しいものと、相場は決まっている。暴走族でもヤクザでも、「上の言うことは絶対」らしい。彼等が、オヤジとかアニキとか、人間関係をすぐ疑似血縁関係っぽくもっていくというのも、年功序列の儒教的家父長制に親和性が高いせいなのかも。

コンサートはなんと、四時間続いた。EXILEだけでなく、その弟とか妹のような系列グループもたくさん出てくるので、長時間かかるのだ。この、弟分や妹分を大切にする姿勢もまた、家父長制を思わせる。

最後、ボーカルのATSUSHIさんが、ファンに挨拶をした。彼は、いつもサングラス姿で最も怖そうな顔をしているが、実は気が弱いのでサングラスを外せないのだという話も。

そんな彼は、

「皆さーん、今日はお忙しい中、お集まりいただき、本当にありがとうございます！」

と、あまりにも顔に似合わない挨拶をするので、私は思わず吹き出す。「お忙しい中」って、ファンはどんなに忙しくても楽しみに駆けつけているのだと思うけれど、その労を謝するとは、どれだけ腰が低いのだ。

フロートに乗って去っていった彼等は、最後まで深々とお辞儀をしていた。団体行動の和を乱さず、上下関係はきっちり守って腰が低い彼等はきっと、会社員になってもやっていけるに違いない。体力もあるし、いい営業マンになると思うんだけどなぁ。

博多ラーメン

某月某日

若い女性編集者・Aさんと一緒に、福岡出張へ。若い割に落ち着いているので、つい友達気分で話してしまうのだが、考えてみたら私が二十歳の時に出産していたらこの年の子が、という年齢だった。

到着してすぐ、鯛茶が有名なお店で昼食とする。鯛茶が好物の私、「おいじい……」と、早速がっついた。

するとAさん、

「鯛茶って、生まれて初めて食べます。鯛茶って何だろうと思ってたんですけど、鯛のお刺身をのせたお茶漬けなんですねぇ」

と、目を輝かせている。

その姿を見て、私は甘酸っぱいようなほろ苦いような気持ちになった。すなわち「この子には、まだまだ『生まれて初めて食べるもの』『生まれて初めて体験すること』が、たくさんあるのだなぁ」と。

思い起こしてみれば、私もAさんくらいの年の頃は、会社員をしていた。会社員になって初めて食べたものはたくさんあって、今でも鮮明に覚えているのが、からすみ初体験。上司に銀座の和食屋さんに連れて行ってもらった折、大根の薄切りに挟まれたオレンジ色の板状のものが、供されたのだ。

「なんですか、これ？」

「まあ喰ってみろ」

ということで一口かじってみると、これが美味しい！　みずみずしく冷たく白い大根に挟まれているのは、軽く炙《あぶ》られてほの温かい、ねっとりとして塩辛いもの。

「おっ、美味しい！　こんなもの、初めて食べました！」

と感激していると、

「それ、からすみだよ。ボラの卵巣」

ということで、私はそこで人生初のからすみを体験したのだ。

お酒は飲めないけれど、酒のつまみの珍味系を好む私の味覚に、からすみは激しくヒット。それを炙って大根に挟むという食べ方にも、「こういうのが大人の味ってやつなのね」と、いたく感動したのであり、以降、その上司と食事に行く時、

「酒井、何喰いたい？」

と聞かれると、

「からすみ！」

と、答えるようになったのだ。

それから、幾星霜。私の舌はすっかりスレた。長く社会人生活を続け、たくさんの旅をしているうちに、珍しい食べ物、ぜいたくな食べ物、ある地方でしか食べられない食べ物……と、ずいぶん色々なものを食べ、美味しいとか美味しくないとか言ってきたのだ。

今、目の前で鯛茶に感動している女の子を見て、胸がきゅんとなるのは、だからこそ。ああ、私もこんな頃があった。しかしこの子も、編集者として仕事をしていくうちに、ありとあらゆるものを食べ、ロバの肉だろうとアヒルの舌だろうと、「ふーん」くらいの反応しか示さなくなるのか、と。

食べさせる側としては、

「こんなの初めて！」

と言ってくれる方が、食べさせ甲斐《がい》があることは間違いない。だからこそ男性は、ジビエだろうとフグだろうと当然のように嚥下《えんか》するスレた女よりも、たとえ嘘でも、

「こんな美味しいもの食べたの、初めて！」

と、目をうるうるさせる女の方を「愛《う》い奴《やつ》」と思うのだ。

初めての鯛茶に感動しているAさんに、

「福岡にはたくさん美味しいものがあるからねぇ。〇〇のお寿司もいいし、冬なら××のアラもいいよね……」

と、私は「もっとこの娘を感動させてやりたい」というおっさん的気分が満々になるわけだが、しかし彼女が寿司だのアラだのといった味を知ることは、果たして幸福なのか。

彼女が初めての鯛茶に感動する姿を見ていると、「『知らない』ということは、何と幸せなことなのか」と思えてくる。何かを知ってしまったが最後、「初めて知る」感動はもう二度と得ることができないのだから。

鯛茶を平らげつつ、

「私、食べ物のこと何にも知らないんですよ。こんなんでいいのかって思いま

す……」

　とつぶやくAさんに対して、

「そんなの、年をとれば、嫌でも知ることになるんだから。今は『知らない』という状況を楽しんでいればいいのよ」

と、先輩ヅラをした私であった。

　その夜、仕事を終えて夕食も終えた我々は、「屋台にラーメンを食べに行こう」ということになった。Aさんは、若者らしく実はラーメン好きなのだそうで、ラーメンに関しては積極的である。

　長浜の屋台街にて、「どこのラーメンが美味しいのか」とうろうろしていた時に気づいたのは、実は私は博多の屋台でラーメンを食べるのは生まれて初めてだ、ということ。飲酒をしないので、今まで福岡に来ても、最後にラーメンで〆《しめ》るという発想が無かった。もちろんAさんも初めてということで、仲良く初体験同士、屋台でラーメンをする。

　とんこつスープ独特の香りに包まれつつ、私はそこでも昔の体験を思い出していた。今となっては東京にも博多ラーメンの店はたくさんあるが、それはずっと東京にあったものではない。私が大学生の時、

「博多ラーメンの店っていうのができたから、行ってみよう」

と教えられ、探検気分で初めて食べたのだ。

白濁したとんこつスープも初めてなら、紅しょうがや高菜漬けを入れて食べるというスタイルも初めてで、とってもエキゾチックな麺類を食べている気がしたものだったっけ。あの時の私は、まだ九州に上陸したこともなかった。

そういえばあの頃は、ハーゲンダッツが日本初上陸とか、いろいろと新鮮な味に感動したものよ……。なーんていう昔話は、たぶんAさんには日本史上の出来事に聞こえるのだろうなぁ。

ホテルに戻ると、うっすら胃もたれを覚える。最近、常に携行している大正漢方胃腸薬を頓服しつつ「遠くへ来たものだ」と思ったわけだが、それは決して距離的な感覚を示しているのではない。

某月某日
友人と一緒に、韓国旅行にやって来た。この年頃の女性同士で韓国へ行くと、端から見たら単なる韓流おばさんに見えるのだろうが、しかし我々は全く韓流スターには興味が無い者。イケメン韓流スターが全く出てこない、「サニー」という女の友情もの韓国映画を見て、「韓国、行きたいねぇ」「うん、行きたい」ということになったのだ。

韓国に来るのは、初めてではない。仕事で何度か来たことがあるのだが、旅行で来るのは初めて。仕事で来ると、自分で地理を覚えようとしないので土地勘は全く無いし、ハングルも全く読めない。ちょっとどきどきしつつ、ソウルに降り立った。

前回来たのは、まだ今ほど日本で韓流ブームが盛んになる前だった。ブーム後の今、ソウルはずいぶん、日本人の、特に女性に向けた街になっていた。昭和の時代は、韓国というと男同士で行くちょっとあやしい旅が中心という印象があったものだが、今はその手の印象は消えた。女性誌を開けば、「韓国できれいになる旅」といった特集がある昨今において、韓国は食べ物や化粧品、エステといったものを女性が楽しむ地となっているのだ。

繁華街の明洞《ミョンドン》を歩けば、日本人女性をターゲットにした化粧品屋さんがあちこちに。中でも、かたつむりクリームというものが流行っているらしく、

「かたつむりクリーム、安いよー」

と、方々から声をかけられる。のみならず、

「かたつむりはもう古い。これからは毒蛇クリーム！」

という宣伝文句もあり、どうやら現在の韓国化粧品業界は、ゲテモノ原料ブームの様相を呈している模様。

「我々も、『美しくなる旅』をしようではないか！」

と、俄然《がぜん》やる気が出て来た私達。ガイドブックを見て、「汗蒸幕《ハンジユンマク》」というものにトライしてみることにした。

汗蒸幕とは、サウナのようなもの。まず、むしろのようなものをかぶってかなり高温のサウナに入ってたっぷり汗を出し、さらに風呂にも入って身体が十二分に温まったらアカスリとかキュウリパックとか、何かぬるぬるしたものを身体に塗られたりシャンプーされたり……というのがワンセット。

で、初めて汗蒸幕コースを体験した感想は、

「注文の多い料理店みたいだ」

というものだった。サウナに入れとか風呂に入れとかこっちに来いとかあっちに行けといった指示は、韓国人のおばちゃんから出されるのだが、これがブートキャンプのように厳しい。そしてたっぷり汗を絞り出した後に、遺体置き場のような台に全裸で寝かされ、容赦ない力でごしごしとアカスリをされるのだが、ま

るでそれは固い肉を柔らかくするための作業のよう。

こうなるともう、自分は一個の人格を持った人間などではなく単なる「ボディー」、というより単なる物体のように思えてくる。あまりの刺激に、「あと数年したら、もうこの刺激には耐えられなくなるに違いない。人生最後のアカスリかも」と思えるのだが、さらにキュウリとかぬるぬるしたものを塗られると、マリネにされているような気もしてくる。

しかし物体扱いされるのは、ちょっと嬉しくもあった。日頃、日本人が誇る繊細な気配りとか気回しの中で生きていると、その気配りが有難くもあるが、時に気を配られすぎて疲れることもある。しかし、義務のように「イタイ？」とだけ投げやりに言う韓国のおばちゃんは、余計な気など配らない。こちらの股を、臆さずガッと広げて垢《あか》をごしごしするし、ぬるぬるしたもので乳だって揉みまくる。すると、中途半端な恥の概念や「私は今、どう見えているのか」といった自意識は吹っ飛び、空っぽの心で「もう、好きにして〜」という感覚になるのだ。「どうとでもなれ」となった我々は、ノリで「よもぎ蒸し」というものも追加してみた。これは、よもぎを焚いているところにまたがって、首だけ出して上半身にシートをかぶせるのだが、そこでおばちゃんから出る指示は、

「シモの穴という穴で、よもぎの煙を吸え。婦人機能活性化！」

というもの。本当にそんなことできるのか……と疑わしいが、そこは思い込みが大切なわけで、下腹部に力を込め、吸った気になってみる。

婦人機能が活性化したかどうかいまいちわからなかったが、しかし首から下は、よもぎでしっかり燻蒸《くんじょう》されたことは確か。最後だけおばちゃんが妙に優しくて、ガウンを着せてくれて紐《ひも》まで結んでくれるのを見ていると、「次のドアを開けた途端、本当にそこには注文の多い料理店が広がっているのでは？」と想像してしまうのだが、全て終わってドアを開ければ、そこは夜の繁華街。本当の意味で垢ぬけた身体で、ホテルに戻った。

仮設

某月某日

震災直後からずっと、石巻《いしのまき》の牡鹿《おしか》半島にある小さな集落の支援をしている友人がいる。定期的にその集落に通っては、物資を届けたり、お手伝いをしているのだ。

今までは物資の支援などで微力ながら協力をしていたのだが、今回は私も、一緒に集落にうかがうことになった。様々な物を載せた車で深夜に東京を出て、早朝に現地に到着する予定。

私以外のメンバーは既に慣れた道程となっているが、私は車で被災地に行くのは初めて。

「震災直後は、支援の車で混んでたけど、今はだいぶ落ち着いてきた。走りやすくなったよ」

ということだった。

石巻のマクドナルドで朝食をとった後、半島の方へ。今はすっかり、海も緑も美しい風景となっているが、集落に近づけば、そこにあるのは仮設住宅、瓦礫、一階が流されて柱だけが残り、二階だけとなった状態の家々。

震災から一年以上が経ち、集落の方々の生活は、ある種の落ち着きを取り戻してはいる様子で、皆さんの表情は、明るかった。そして、誰もが親切にして下さる。漁師さんは船で近くの美しい島まで連れて行って下さったし、お宅で焼きそばもご馳走になった。一階が流されてしまった民宿の奥さんは、

「こっちの方が風通しがよくて涼しいから、座って〜」

と、柱だけが残った一階の板に置いた椅子を、すすめて下さる。

友人が親しくしている、仮設住宅のとあるお宅を訪問した。津波の被災地には何度か赴いて、仮設住宅を外から眺めたことはあったが、上がらせていただくのは初めてである。

仮設は狭い、という話はよく聞くが、本当に狭かった。我々が行くと、テレビが置いてある部屋、すなわち機能としてはリビングダイニングを担う部屋は、人で満員状態。そのお宅には小学生のお姉ちゃんと小さな妹がいるのだが、お姉ち

ゃんは気を利かせて、妹を連れて外に遊びに行った。

お母さんは、西瓜《すいか》やアイスクリームや漬け物など、たくさんおやつを出して、もてなして下さる。ずっと笑っている、まさに太陽のようなお母さんなのであり、狭い仮設住宅の隅々まで、その明るさで満たされているようだった。明るい性格というのは何と素晴らしい素質であろうかと、このような状況であるからこそ、つくづく思う。途中、地鳴り(初めて聞いた)とともに地震が発生したが、お母さんと一緒であれば怖くない、と思った。

お父さんは漁師さんだけれど、震災前のように仕事はできていない。お母さんの明るさが、一家にとってどれだけ救いになっていることか。そしてお母さんの明るさの裏側には、どれだけの思いがあることか。

夏は暑いし、冬は寒いという仮設住宅。それもいつまでも住んでいてよいわけではなく、期限は決まっている。家のこと、子供達のこと、将来のこと。ほんの三十分お邪魔した私にも、どれほどの不安がそこにあるかはわかるのだけれど、

「またぜひ来て下さい！　何のおかまいもできないで！」

と、満面の笑みで、お母さんはずっと手を振ってくれていた。

隣の仮設住宅では、赤ちゃんが生まれたそうで、若いお母さんが赤ちゃんをあ

やしていた。澄んだ目をした赤ちゃんは、無邪気によく笑う。

赤ちゃんを見ている人もみんな、笑顔になる。赤ちゃんという存在は、人を明るくするのだ。

赤ちゃんが生まれたということはとても目出たいことであるが、同時に「お母さん」と呼ばれる人がこの世にまた一人誕生したことも、私は寿ぎたい気分になった。つらい時、かなしい時。お腹が空いた時、寂しい時。ただそこにいるだけでホッとできる存在は、やっぱりお母さんなんだなぁ。

某月某日

友人から、旅のお土産として乾燥ひじきをもらった。袋を眺めつつ、「ここしばらく、ひじきを食べていなかった」と思う。

ひじきの煮物といえば、日本の定番常備菜。私の家でも、母親がよく作っていたのであり、実家に行くと、ジップロックに入れて持たされたものだ。

ひじきの煮物に関しては、好きでも嫌いでもないという感覚を持っていた私。あれば食べるけれど、「ああ、ひじきが食べたい」と思うわけでもなかったのだ。

しかし母が他界してから、私は一度もひじきの煮物を食べていなかった。乾物なのでとっても軽いひじきの袋を持ちつつ、「作ってみようかな」と思い立つ。「母親が作るもの」であったので、自分でひじきの煮物を作るのは、初めてである。よって、作り方はわからない。母親に聞いたこともなかったので、ネットで検索。「ひじき煮物　レシピ」で、すぐに何通りもの作り方が出てくるので、一番簡単そうなレシピを選択。

人参《にんじん》の切れっぱしと油揚げは、冷蔵庫の中に余っている。実家のひじき煮物には大豆は入っていなかったのだが、「大豆入り」にちょっとした憧れを抱いていたので、スーパーで買ってきた。

ひじきを戻して、人参と油揚げを切って、炒め煮に。作り方は、いたって簡単。何せひじきは真っ黒なので、調味料が沁《し》みているのか、味の濃さはちょうど良さそうなのか、どうも判然としないのが心配ではあるが、少し味見をしてみたら、なかなか美味しい。市販のひじきの煮物は、味がやたらと濃いものが多いけれど、自分で作ると薄味にできるのがいい。火を止め（というのは嘘。我が家はオール電化なので、正確に言うと「電気を止め」）、冷まして完成。

おふくろの味的なものを自分で作ったことに、満足する私。おふくろの味とは言っても、おふくろから教わったわけではないのだが、パスタとか牛ホホ肉の赤ワイン煮ではなく、こういったおかずを作ると、「まっとうな日本の中年女」になれたような気がするのだ。

ひじきのみならず、母の他界後は、この手のおかずをめっきり食べなくなった。それを知っている近所の奥さんが、

「これ、たくさん作ったから食べて」

などと卯《う》の花を分けて下さったりするのだが、これまた美味しい。他人のおふくろであっても、おふくろの味はおふくろの味。いつも有難く頂戴する。

タッパーに入れた常備菜が冷蔵庫にあるという状態もまた、「私って、まっとう」という満足感を得られるものである。ただ難点は、一袋のひじきを全部煮て大量に完成した煮物は「そう簡単になくならない」ということ。腐らせる前に、日々、意識してひじきを大量摂取するようにしなくては、と心に誓う。

某月某日
とある場所にて、第五十四代横綱・輪島《わじま》さんにお目にかかる機会があった。輪島さんは、私の記憶に残っている中では最も古い横綱であって、からし色のようなまわしをよく締めておられたことを覚えている。ちなみに、記憶している最も

古い総理大臣は田中角栄とまぁ、そういう時代。

輪島さんは今六十代になっておられるが、今も人々の中にいると、群を抜いて大きい。そして何だか、お姿を見ているだけで、嬉しくなってくる。横綱とは、そういう存在なのだ。

輪島さんの周囲にいる中高年は皆、大喜びで一緒に写真をとってもらったりしていた。迷惑そうにせず、皆との記念写真に応じてあげている輪島さん。男性までが頬を紅潮させて、「きゃーっ」と言っているのだ。

有名人に会う、もしくは見る、というのは、人を興奮させるものである。私は、街を歩いている時やレストランにいる時など、有名人を発見するのが上手な方だと自負しているのだが、「あ」と思った瞬間は、いつも嬉しい。その喜びはなるべく自分の中だけで収めるが、NHKのネイチャー番組でしか見ない野生動物を、アフリカのサバンナにおいて実際見た時は、こんな気分なのではないか。

特に、美人女優やスポーツ選手といった、一般より著しく優れた肉体的特徴を持つ有名人に会った時の興奮は、激しい。たとえば作家の場合、どれほど有名な人であっても、「頭の中はすごいのだろうけど、外見はまぁ、普通……」という場合が多いもの。対して女優やスポーツ選手は、見た瞬間に「普通じゃない」ことがよくわかる。

　初めて現役のプロ野球選手に会った時のことを、私は思い出した。顔の幅と首の幅が同じで、胸板はシャツがはちきれそうに厚く、尻が尋常でない大きさ。その肉体の圧倒的な存在感に、私はやられた。このような肉体の前では、半端な知性などものの役にも立たない、と思ったものだ。

　相撲はスポーツではなく、そもそも神事なのだという。だから土俵は神聖なもので、女性は入ることができないのだ、とも。

　お相撲さんの特殊な存在感は、単に身体が大きくて普通ではない髪型をしているせいだけではないだろう。実際にお相撲さんを目の前にしてみると、その人間離れした肉体は、本当に神々しいのだ。

　お相撲さんを可愛がる「タニマチ」という人々がいるというのも、よくわかる。神のような肉体を持つ若者に、好きなだけ肉を食べさせたりお酒を飲ませたりするのは、さぞかし楽しいに違いない。そのお相撲さんが出世していけばなおさら楽しみは増すだろうし、肉やお酒は、神への捧げ物のようなものなのだ。

　とはいえお相撲さんも、中身は普通の人間であるわけで、だからこそかつて相撲協会において様々な不祥事が発生したのであろう。お相撲さんが引退する時、すなわち神が神でなくなる時、面倒な現実が一気に押し寄せてきて、彼等を混乱させるのではないか。

若乃花《わかのはな》以来、日本人の横綱は誕生していない。ここしばらく、優勝争いをするのも外国人ばかり。しかし輪島さんに会って、私は久しぶりに、日本人が強かった時代のことを思い出したのだ。そう、あの頃はまだ、外国人力士は高見山くらいしかいなかった。日本人は日本人らしく、強かったものだったっけ……。

いかにも日本人らしい横綱だった輪島さんに、私は握手をしていただいた。横綱だった方と握手するなんて、もちろん生まれて初めてのこと。その手はとても大きくて、私の手はすっぽりと隠れる。これから何か良いことがありそうな、長生きができそうな、そんな握手だった。

チキータ

某月某日

新潟の旅。初めて、弥彦《やひこ》線に乗った。

弥彦線は、全長二十キロにも満たない、短い路線。越後国《えちごのくに》の一の宮である彌彦《いやひこ》神社への参詣線として、最初は私鉄が走っていたとのこと。終点の弥彦駅はまるで神社のような外観で、駅前には手水所《ちょうずどころ》まで。駅自体が、有難い存在感である。

そういえば、途中の燕三条《つばめさんじょう》駅の弥彦線乗り場の入り口には、鳥居があった。これは、彌彦神社への入り口であると同時に、弥彦駅への入り口であることを示していたのかも。弥彦線自体が聖域、という感じ。

初めて乗る路線というのは、何となく嬉しいものである。どのような車窓風景が見られるのか、わくわくする。

かつて、

「鉄道が好きなんです」

などと公言して以来、鉄道関連の仕事がちょくちょくある私。

「日本の路線は全部、乗ったんでしょう？」

と聞かれることもあるが、そんなことは全く無い。鉄道は確かに好きだけれど、ただ乗っているだけで満足感が得られるため、全線乗りつぶしであるとか、鉄道知識を積極的に吸収することには興味が無いのだ。

全線乗りつぶし、という鉄道趣味の一ジャンルが広く世間に知られるようになったのは、故・宮脇俊三氏が一九七八年に発表されたデビュー作『時刻表２万キロ』によってだったという。会社勤めの傍ら、趣味の鉄道にコツコツ乗っていた宮脇氏が、国鉄（当時）全線を乗りつぶすまでの記録が、『時刻表２万キロ』。当時中学生だった私は、この本を読んだことによって「鉄道っていいなぁ」と思ったわけだが、しかし「いつか、乗りつぶしたい」とは思わなかった。

この感覚は男女の違いなのではないかと、私は思う。「なるべくたくさんの路線に乗りたい」「全ての路線を乗りつぶしたい」というのは、蒐集癖《しゅうしゅうへき》の一つと言っていいだろう。彼等は、ある路線に「乗った」という経験を、一つ一つ蒐集していく。まるで、男児が玩具《おもちゃ》の怪獣を集めて悦に入るように、そして成年男性がパイプやらバイクやらを集めては、しげしげと眺めて楽しむように。コレクションは、男の仕事なのである。

鉄道は、コレクションをするには適度な趣味と言っていいだろう。『時刻表2万キロ』の時代から比べると、廃線になった路線もあるものの、全線を乗るには、それなりに時間もお金もかかる。そう簡単に乗りつぶしはできないので、取り組み甲斐はある。

同時に乗りつぶしは、簡単にはできないけれど、明確なゴールがあるタイプの、蒐集行為である。「古本蒐集」のように、果てしなく集めることができるものではなく、存在する鉄道路線は限られているし、この時代にそうそう新路線は増えない。JRの次は私鉄も、とはもちろんなるわけだが、どうしたっていずれゴールはやってくる。

既に全線完乗した人を見ていると、常に「次に何を集めようか」と、集めるものに飢えているように見える。たまに新しい路線が開業しようものなら、わずかな延伸区間であってもすぐに乗りに行くし、また「全駅下車」などといったハードな蒐集方面に向かう人も。

『時刻表2万キロ』においても、宮脇氏は最後に残った足尾《あしお》線（現・わたらせ渓《けい》谷鐵道《こくてつどう》わたらせ渓谷線）に乗り終わった後、「相変らず時刻表は開いていたが、どうにも張合いがないのである。眺めるだけで、かつてのあの読み耽る力が出てこないのである」

という状態となる。これは燃え尽き症候群的な感覚なのかもしれないが、「とにかく何かが終り、何かを失ったことはたしかなようであった。それは全線完乗でも時刻表でもない、もっと大きなものであったようにも思われた」

ともある。

もちろん宮脇氏はその後、『最長片道切符の旅』をはじめとするたくさんの著書で、様々な鉄道の魅力を読者に紹介された。しかし氏の没後十年近くが経とうとしている今、『時刻表2万キロ』のこの最後の部分を読むと、氏にとって鉄道に乗り、そして書くということは、楽しみであると同時に苦行でもあったのかもしれないと思う。蒐集のゴールにたどり着いた後に、氏はどのようにして、自らを奮い立たせたのであろうか。

鉄道の魔力にとりつかれ、挑み続ける男性達を見ていると、つくづく「男と女は違う生き物なのだなぁ」と思うのだった。太古の昔、彼等は捕獲した獲物の数や残した子孫の数などで、優劣を競ったのであろう。「たくさん集める」ことはすなわち自分が優れていることの証であり、「集められない」男は、生き残っていくことが難しかったのではないか。そんな「とにかくたくさん集めたい」という精神が、今を生きる男達の中にも、残っているような気がしてならない。

弥彦線は、二両編成の可愛らしい列車であった。下車する時は手でドアを開ける、それは素朴な乗り物。ガタゴトと揺られる感覚を私はひたすら楽しみ、そう長い時間乗っているわけでもないのに、うつらうつらと……。

実は私も、「鉄道乗りつぶしノート」のようなものを持っているのだが、たぶん家に戻っても、弥彦線のところをマーカーで塗りつぶすことはしないであろう。呆《ほう》けたように列車に揺られている時間だけが私にとっては大切なのであって、その感覚はたぶん、男達がたくさんの獲物を捕るために山で必死に戦っている時、森で花を見つけて「かわいいー」とか言っていた女達の感覚と、そう変わらないのではないかと思う。

某月某日

卓球の個人レッスンに通っている私。理由は、特に無い。試合に出ているわけでもないので、上手くならなくてはいけない理由も無いのだが、ただ卓球が楽しいのだ。

そこで卓球の練習をしているのはほとんどが中高年だが、他の人々は皆、技術の向上に余念が無い。コーチに対しても、真剣に卓球に関する質問をしている様子。

対して私は、二十四歳の男性コーチといつも、

「近くにフレッシュネスバーガーができて嬉しい」

とか、

「街で出会ったお相撲さんが着ていた浴衣《ゆかた》の柄が可愛かった」

といった無駄話をしたり、試合中の福原愛《ふくはらあい》ちゃんのモノマネをしたりしながら、球を打ち合っているのだった。

そんな私でも、たまには新技術を習得する。この日習ったのは、「チキータレシーブ」。オリンピックなどで卓球の試合を見たことがある人は記憶にあるかもしれないが、相手が打った球に横回転をかけて返す、という技である。バナナのように球筋がカーブするので「チキータ」というらしいが（なぜ「バナナレシーブ」ではなく、特定の銘柄指定なのかは謎）、今、卓球界ではこのチキータレシーブが流行っているのだ。

手首をクイッと返すようにして、回転をかけつつ相手の球を返す。難しいが、何度か練習を繰り返すうちに、それらしきものが打てるようになった。

褒め上手なコーチは、

「ナイス！　酒井さんうまい！」

と、激賞してくれる。おお、チキータレシーブ初出来、嬉しいじゃないの。

思い起こせば子供の頃は、この「初出来」の連続だったのだ。初めて自転車に乗れたとか、初めて逆上がりができたとか、それはもう人生が変わるような出来事に思えたものだったっけ。

オリンピックを見ていると、特に体操競技などでは、人間技とは思えない超絶技巧の数々が見られるわけだが、あの人達にしても、「初出来」を積み重ねていくうちに、あのような技ができるようになったのだろう。

ことスポーツの技というものは、初めてできるようになった瞬間が、訳もわからないうちにやってくるものである。それまでできなかったのに、「ストン」という音がするかのようにいきなり成功し、それ以降は特に意識しなくても、簡単にできるようになる。

それは、新しい扉を開けるような感覚。扉を叩き続けると、ある日突然スムーズに開くようになる。その扉の向こうに新しい世界が広がっているのを見るのが楽しいからこそ、スポーツはやめられないのかも……。

某月某日

調子に乗ってチキータレシーブを打ちまくっていたその翌日、何となく右手の小指に違和感が。パソコンを使用した後など、妙にコキコキした感じになるのだ。チキータの打ちすぎか、はたまたパソコンでエンターキーを叩きすぎか。中年期となり、身体のそこここにプチ老化傾向が出たり消えたりするわけだが、小指のコキコキというのは初めての症状だなぁ。進歩もするが退化もする、これが中年というものなのだなぁ。

コキコキはすれど痛くはないので、放置することにする。しかし老化というのも、色々な出方をするのが面白い。老化などということがどこか遠い世界の出来事だと思っていた時代は、老化のバリエーションも、シワとか白髪くらいしか知らなかった。しかし実際に自分が現場に立ってみると、意外なところがかゆくなってみたり、ある日突然、どこかが痛くなっていたり、何かが肥大したりしぼんだり、硬くなったり軟らかくなったり、変色したり脱色したりと、もう色々。

「家だって、築四十数年っていったら、あちこちでガタがくるわけだし。身体も同じことなわけね」と思う。

今のところ、行動がおぼつかなくなるとまではいかないが、いずれは「今までできたことが、できなくなる」という事態にも直面するのであろう。すなわち「初出来！」ならぬ「初不出来！」に驚く日も来るに違いない。そしてやがては、「初不出来」の数ばかりが多くなってくるのだきっと。

そういえば先日、誕生日プレゼントに知人がお洒落なルーペをくれた。人生初の、老化グッズプレゼントである。昔、祖母がルーペを使って新聞を読んでいたことを思い出した。針に糸を通すのも、やりにくそうにしていたものだったっけ。

そのやりにくさが実感としてわからなかった当時の私であるが、これからはどんどん、祖母の気持ちがわかるようになってくるのだろう。新聞の文字をルーペで拡大してみつつ、かつて針に糸を通すことを手伝ってあげなかったことを、申し訳なく思うのだった。

……としたところで、別の知人からもらった誕生日プレゼントは、「せんねん灸」。こういったプレゼントが有難いお年頃になってきましたね、本当に。

コメダ

某月某日

生まれて初めて、「硯《すずり》」を買った。書道の稽古を再開しようと思っているのである。

私世代の女児の常として、子供の頃のお稽古ごとは、ピアノと書道。ピアノは早々に「才能皆無」という事実を自覚したのだが、親が「せっかくピアノ買ったし」と、止めさせてくれなかった。小学生時代、どうしてもピアノ教室に行くのが嫌でマックでさぼって帰ったら、親に死ぬほど怒られたものだったっけなぁ。

そこへ行くと、書道は嫌いではなかった。才能があったわけではなく、今も字は全くきれいではないのだが、筆で力強く漢字を書くという行為が、性に合ったのである。少し大げさに言うならば、この「文字を書くのが好き」という感覚が、今の仕事につながったところもある。

子供の頃に通っていたお習字教室は、先生がご高齢だったこともあり、中学に入る頃にフェイドアウト。そのまま筆を持つことはなかったのだが、二十八歳で一人暮らしを始めた時、近所に書道教室があるのを発見し、「習ってみようかな」と再トライ。そこで十五年ほど、お稽古を続けた。

……と書くといかにも上達していそうだが、大人の書道の世界を見た途端、自分の書き方は書道でなく「お習字」のままだということを自覚。大人の書には「かな」の世界もあるのだが、特にかな書の才能には恵まれなかった。あの優美な線は、私には無理だったのだ。しかし明るい先生や、お教室仲間であるご近所の優しいおばあさん奥さん（書道の世界はおばあさんが多い）達に励まされつつ、何とか続けていたのだ。

そのお教室も、私の引っ越しによって中断。しかし中断すると何となく「書きたい」という気持ちが湧いてくるもので、このたび二度目の再開となった。今回はきっぱりとかなを諦め、漢字の先生のお教室へ。そして、硯の購入へと至ったのだ。

では今まで硯はどうしていたのか、という話になるわけだが、今まではずっと、小学生の時に親に買ってもらった硯を使っていた。あの、皆が持っていた書道セットに入っていた硯である（しかし最近の小学生が使う硯は、プラスチック製だそうな）。

今回は心機一転ということで、中国の素敵な石を使った、ちょっと高級な硯を購入。硯の道というのは奥が深いのだそうで、高級なものになると美術品級となり、凝りだすと一財産使ってしまうらしい。「硯にはまらないようにしなくては」と思う。

形はあくまでシンプルな四角。大人っぽい。

「一生使えますよ」

と、書道用品店の方に言われる。

この硯に見合う字を書けるようになりたいものよ。……と思うわけだが、しかし「一生モノ」と言った時の「一生」のゴールが実は案外短かったりして、という思いが脳裏をよぎる。昔は「一生」の終わりなんて、遠い未来の気がしたものじゃが。

とにかく、硯の持ち腐れにならないよう、書道を続けよう。

某月某日

生まれて初めて、年下の男性から「ねえさん」と呼ばれた。この言葉、男性が職場などで、自分より年上の女性に対してよく使用するものである。「ねえさん」と呼ばれるのはたいてい、姉御肌で頼り甲斐があって、後輩に言いたいことを言うような、つまりは年下に慕われるタイプ。漢字で書くなら「姉さん」ではなく「姐さん」。

この「ねえさん」、近年になってヒットした言い方である。おそらく職場において、年をとっても勤め続ける女性が、昔とは比較にならないほど増加したから、この言葉は流行ったのではないか。

日本人はそもそも、他人を呼ぶ時にいちいち、「自分より年下か年上か」を顧みる国民である。年上に対しては「〇〇さん」「〇〇先輩」「〇〇部長」などと、何らかの敬称っぽいものをつけるし、年下に対しては敬称無しでもOK。

それは、我が国が儒教文化圏に属するからであろう。年上には敬語、同等もしくはそれ以下の人にはタメ口と決まっているから、呼称もそれに従う。我が国では、たとえ二十二世紀になろうとも、年上・年下関係なくファーストネームで呼び合うなどということには、ならないのではないか。

昔は、会社において「年配の女性」とか「幅を利かせる女性」は、多くなかった。皆、結婚したり出産したりしたら、職場を辞めていったのである。

しかし今、結婚・出産後も仕事を続ける人が多いし、それ以前に結婚をしない人が多い。彼女達は着々とキャリアを積んで、職場において頼もしい存在となってきたのだ。

そんな女性を呼ぶ時に、若い日本男児達はつい、「あなたは私よりうんと年上ですよね！」という意識を込めたくなるのだと思う。それも、相手が女性であるが故に、単なる年長者に対する尊敬ではなく、もっと親しみを込めた尊敬が感じられる呼称が必要となり、そこで発見されたのが「ねえさん」なのではないか。

「ねえさん」すなわち「姐さん」は、ヤクザな世界で使われるイメージを持つ。三下《さんした》（鉄砲玉）が兄貴分の奥さん（ハクいスケ）を、憧れ混じりで呼ぶ感じ。

あの手の世界では、赤の他人同士が疑似親子や疑似兄弟といった、疑似血縁関係を結ぶことによって、強い結びつきが生まれるわけだが、しかしそれはあの手の世界だけのことではない。ヤンキー感の強い世界では、疑似血縁を結びたがる人は多いもので、芸能界において、若い女優がすぐ年配女優を「お母さん」と呼ぶのも、そのせいだと思う。

世のヤンキー化が著しいと言われる今、一般の職場にも、その感覚は入ってきているのではないか。「極妻」におけるかたせ梨乃《りの》的な存在感を持った女性が、色々な職場で増えてきているのであり、三下的な若手男子が彼女達に呼びかける時、「ねえさん」と言いたくなるのもよくわかる。

しかし私は、「ねえさん」的資質を全く持っていない。「アタイについてきな！」というような鉄火なところはなく、誰かについていくのが大好きな、依頼心旺盛なタイプ。後輩を躊躇なく呼び捨てにできる度量も、無い。「年下から痛がられているのでは？」と顔色をうかがうあまり、ついついムスッとしてしまうので、「こわーい」と思われがちであり、そんなわけで今まで一度も「ねえさん」と呼ばれたことがなかった。

そんな私が、ここにきて初の「ねえさん」呼ばわり。お相手は二十四歳男性、私の卓球の師である。師とはいえグッと年下なので、今までさんざからかいながら球を打ち合ってきたのだが、その結果とうとう「ねえさん」となったのである。「ねえさん」と呼ばれた結果は。……これが、結構嬉しかったのであった。何というか、年下男子と心が通った！　といった感触を得ることができたのだ。中年女としての壁を一枚、ブレイクスルーできた感じ。そして自分が、ちょっとばかり小股の切れ上がったハクいスケになった感じ。

「ねえさん」に憧れていたのだな、とその時に私は初めて自覚した。今、話題の中年女というと、年齢不相応な若さと美しさを誇る「美魔女」が思い浮かぶが、美魔女の存在は、実は周囲に気を遣わせる。老化を発見しても見て見ぬフリをしなくてはならないし、いつもその美魔女っぷりを褒めなくてはならないからである。

そこへ行くと、「ねえさん」には余計な気を遣わなくていい。「白髪、増えたんじゃないスか?」と言ったとしても、

「この年になりゃ当たり前でしょうよ!」

と笑いながらどやしてくれそう。私はそんな「ねえさん」に、なってみたかったのだ。

社会において「ねえさん」の道を極めた人は、次は「かあさん」へと昇格するのであろう。まだまだねえさんの初心者であるが、いずれは疑似かあさんにも、なってみたいものである。

某月某日

我が町に、名古屋の某喫茶店チェーンのお店ができた。別に名前を秘する必要

もないであろう、コメダ珈琲店である。

東海地方に行くと、「コメダだ！」と嬉しくなって、しばしば入ったこの店。自分の町に発見した時は、まさかこんな近くにできようとは、と驚いた。

東京は、他の都市にある店を貪欲に取り込む街である。パリのカフェだ、ニューヨークのデパートだ、ハワイのパンケーキ屋だと自分の街に持ってくると、いちいち見事に人気店となる。

が、その手の店というのはたいてい、洒落た街の洒落た店なのである。対して名古屋のコメダ珈琲は、とても居心地の良い店ではあるが、特に洒落ているわけでもない。が、それをも併せ呑んで自分のものとするのが、東京なのであろう。

我が町にコメダができたのを発見した時の気持ちは、スターバックスができた時の感覚とは、異なるものである。スターバックスは、東京でも洒落た街から順に、できていった印象がある。そして我が町にはいつまで経っても、できなかった。沿線の他駅には続々とできているのに、我が町には気配すらない。「洒落てないってことですね」と半ば諦めていたところに、満を持して、というか「もうしょうがないか」という感じで、駅ビルの中に登場したのだ。

その時私は、「やっと我が町も……」と、「嬉しい」と言うよりは、ほっとしたことを覚えている。そして「今さらスタバなんて、もういらないもん！　ドトールでいい！」という、すねるような気持ちもわずかに。しかし我が町の人々は洒落たものに飢えていたのであり、今に至るまでスタバは延々と繁盛中である。

が、コメダ珈琲を発見した時、私は手放しで嬉しかった。私はけっこう、名古屋の味が好き。コメダ珈琲オリジナルのシロノワール（デニッシュの上にソフトクリームがのっている）も、名古屋の味覚・小倉トーストも、いつでも食べられるようになるなんて……と、興奮したのだ。

が、同時に「なぜに、我が町？」とも思った。東京にたくさんの町があるけれど、コメダ珈琲がある場所はまだ少ない。スタバは洒落た街からできていったけれど、コメダはどういった基準で選んでいるのか、とふと疑問に思ったのだ。ま、少なくとも洒落てる順でないことはわかる。となると、もしや「名古屋っぽさ」？

実はコメダ開店から二週間後くらいに行った時は、あまりに混んでいて、入店を諦めたのだ。餃子の王将ができた時も大変な繁盛ぶりだったが、この町の人はとにかく、新しいもの（チェーン店なんですけどね）には弱い。

そして今日、「さすがにほとぼりが冷めているだろう」と行ってみたら、無事に入れましたコメダ珈琲。メニューを見ると、みそカツサンドやエビフライなど、魅惑の名古屋メニューもあって食欲がそそられるが、グッと我慢して、コーヒーを注文。

ウェイトレスさんは、コーヒーを持ってくる時に、一緒に小袋入りの豆菓子を持ってくるが、これは東海地方の喫茶店特有のオマケ文化である。しかし、ここは東京。おそらく、

「あら、これ何かしら？　こんなもの頼んでないわよ」

という客のために、

「こちら、サービスの豆菓子でございます」

というようなことをあらかじめウェイトレスさんが言い添えるのだ。アウェイ仕様ということだろう。

そして私は、書棚の整理をしている時に久しぶりに見つけた、筒井康隆の短編集を持ってきていた。コーヒーを飲み、豆菓子をポリポリつまみながら、筒井康隆を読む。面白い。そして可笑《おか》しい。笑いがこらえられない。下を向いてひっそりと笑っていたら、豆の細かな粒子が喉の粘膜に張りついて苦しい。むせる。笑いながら咳をする。

……という行為が似合うのは、やはりスタバではなくコメダ。私は、我が町へのコメダ登場を心から寿ぎつつ、むせ続けたのであった。

切手

某月某日

我が家の墓は、新大久保にある。今となっては日本一のコリアンタウンとなったあの町の、まさに韓流系のお店が密集している中の一角に、ひっそりとお寺があるのだ。

韓流好きだから新大久保にした、というわけではない。単に先祖がその辺に住んでいたから墓があるのだが、葬式などをすると、あまりに独特な場所にお寺があることに会葬者の方々が驚いて、

「なんでここでお葬式をすることになったので……?」

などと聞かれたりするのだった。

そんな場所に墓があるので、墓参りの時はいつも、一苦労である。駅から寺まで、距離はそう遠くないのに、韓流ファン達で道がいっぱいになっており、ちっ

とも前に進むことができないのだ。

新大久保は、元は観光地ではない。私が子供の頃は、アジアンタウンになりつつあるムードはちらとあったものの、普通の商店街だったものだ。それが次第にコリアンタウン化し、特にここ数年の韓流ブームで、あれよあれよという間に観光地化。街頭では、韓流マップが配られ、韓国料理店には行列ができ、裏道には韓流芸能人ショップとあやしげなホテルなどが混在する。それらを目当てに、日本全国から老若の女性達が集まってくるのだ。

観光客と生活者とでは、歩くスピードが全く異なる。

「何食べるー?」

「ここ見るー?」

などと、女同士で話しながら歩く韓流ファン観光客の歩みは、牛歩以下。対して、地元住民や、私のような非韓流で単に用事があって来ている人は、目的地に向かってさっさと歩きたい。そのスピードの差が各所で軋轢《あつれき》を生み、私を含め、生活者達は業を煮やした結果、車道を歩くことによって、観光客の波に呑まれるのを避けている。「きっと京都のような観光地に住んでいる人も、大変なのだろうなあ」と思いつつ。

そんなある日、私は友達と一緒に墓参りに行くことにした。学生時代からの友達・Aちゃんは、墓の住人となった私の両親や祖母とも親しかった上に、新大久保にもよく行くという大の韓流ファン。

「今度、お墓参りがてら、新大久保に一緒に行こうよ」

ということになったのだ。ちなみにAちゃんはイ・ビョンホンに似ており、私はAちゃんに言わせると、ペ・ヨンジュンに似ているのだそう。

「どうしよう、ファンに囲まれたら？」

「ていうかその二人、ちょっと古くない？」

などと言いつつ、新大久保へ。

まずは人波をラッセルしつつ、お寺到着。境内に一歩入ると、街路の喧噪《けんそう》が嘘のような静寂に包まれる。Aちゃんは、さすが嫁歴が長いだけあって、丁寧に掃除をしてお参りをしてくれ、煙草まで供えてくれた。草葉の陰で親や祖母は、さぞかし喜んでいるに違いない……。

お参りで静かな気持ちになってからお寺の外に出ると、一転してそこは観光地。

「ではランチでも。せっかくだから韓国料理を」ということになる。

私はその瞬間から、新大久保において初めて「観光客」になった。

「ここがイケメン通りっていうのよ。イケメンはあんまりいないけど」

などとAちゃんに教えられながら歩いていると、私の歩みも牛歩以下になっているではないか。そして、今まであんなに「本当に観光客、迷惑！」とぷりぷりしながら歩いていたのが、

「お昼、どこで食べるぅ〜？」

などと、道端に立ち止まったりしているではないか。

……と、次の瞬間。何者かが激しくAちゃんにぶつかった。それは、「押しのける」というより、思い切りのタックル。

「痛いっ！　何なの、あの人！」

と、Aちゃんは顔をゆがめるが、その男は、すごい勢いで歩き去った。

「ひどいね……」

とAちゃんの背をさすりながらも、その男の心境は、何となくわかった。彼はこの地の生活者であり、いつも観光客にイライラしているのであろう。そして、腹いせに、道を歩く度に観光客にタックルしているのだ。

観光客と生活者の混在は、かような被害を生んでいる。生活者が普通に生活したいという気持ちもわかるが、しかし観光をしに来ている人々が、ぶらぶらとそ

ぞろ歩かないわけがない。観光客のモードは、生活者のそれとは明らかに違うのであるからして、ディズニーランドのように、観光客がどれほど周囲を気にせずにいても安全でいられるように隔離する仕組みが必要なのだ。

「でも、ああいう人がナイフ持っていたりすると、通り魔になっちゃうわけでしょ？」

「刺されなかっただけ、よしとしよう」

と言いつつ、裏道の韓国料理屋さんに向かった私達。新大久保をさらに観光地として発展させるならば、何らかの対策が必要だわなぁ、と思ったことだった。

某月某日

新聞を読んでいたら、「秋の切手まつり」というものの告知を発見。「切手」の二文字が、私の心の琴線に触れる。

私が子供の頃、切手蒐集ブームがあった。大人のみならず子供達も、日本の古い切手や、珍しい海外の切手などを集めていた。私もそれほど熱心ではなかったものの、ちょこまかと集めたものだった。

その後も私は、何となく切手が好きなのである。切手のみならず、「郵便」という業務というかシステムというか、それが全体的に好き。学生時代は、年賀状仕分けのアルバイトに憧れたものだし、今でも郵便局に行くと、働いてみたいなぁと思う。

そんなわけで私は、手紙・はがきの類を割とよく書くのだ。旅先からは、姪っ子だの知り合いのおばあさんだの友達だの、数人の絵はがき友達に必ず、ご当地の絵はがきを投函。通信欄にはどうでもいいことしか書いていないのだが、ご当地切手や、季節に合わせた切手を貼る瞬間が、楽しいのだ。

よく旅を共にする友人は、旅友であると同時に郵友である場合もあって、そんな時は旅先の喫茶店において必ず、絵はがきタイムが設けられる。皆で一斉に、何枚もの絵はがきを書く様子は、ほとんど仕事のようなのだった。

そんなわけで、郵便局で可愛い切手を見る度に、シート買いしている私。古い切手にも素敵なものはたくさんあって、その手の掘り出しものは、金券ショップで見つかったりもする。

今回、切手まつりという催しを私は初めて知ったが、きっと郵趣系の人々にとっては文化祭のようなものなのであろう。有楽町の交通会館の中で開かれていた「まつり」を、私も覗《のぞ》いてみた。

広い会議室のような場所は、まさに文化祭状態になっていた。日本全国の古い切手を扱うお店がたくさんブースを出し、様々な商品を広げている。日本の古い切手シート、使用済みの切手、古い書簡、外国切手……。「これが欲しい人って本当にいるの？」と思うような商品もあるが、しかしそんな中にも、ものすごく高い価格がついているものもあって、趣味の世界というのはわからんものである。とにかく、今でも郵趣の世界は熱いということを確認。

案の定、そこは男の世界だった。どちらかというと「老」寄りの男性達が、ブースの前に並んでいるパイプ椅子に座って、切手の束の中から、自分が求めるものを無言で選《よ》っている。その男だらけっぷりは、新大久保と好対照。あまりの男だらけ感に最初は腰が引けたのだが、雰囲気に慣れてくるに従い、私もパイプ椅子に座れるようになってきた。そして色々と切手を眺めていると、あるわあるわ欲しい切手。お客さんのほとんどが男性のせいか、こけしとか民芸品、昔話をモチーフにしたような可愛い系の切手の大鉱脈がみつかり、「あれもこれも」状態に。

さらに別の店のブースに行けば、近代美術シリーズとして、岸田劉生《きしだりゅうせい》や棟方志功《むなかたしこう》の絵の切手も。あっ、竹久夢二も発見。可愛いじゃないの!?　と、つい大量購入してしまった。

私は、あくまで使用するために切手を購入している。しかしきっと、ここに来ている男性の皆さんは、コレクションのために切手を選んでいるのであろう。可愛いかどうかなどは問題でなく、コレクションとしての価値があるかどうかで見ているに違いない。会場のそこここでは、きっと郵趣界の重鎮達なのであろうおじいさん達が、郵便専門用語を駆使して談笑しておられる。

彼と我とでは、同じ切手を求めながらも、全く違う心理を持っているのだ。私は、「どれがいいかな?」と、相手の趣味を考えつつ切手を選んで手紙に貼る、その瞬間が楽しい。そして、ポストから旅をして相手の家まで届く、その旅に思いを馳《は》せるのが、好き。

ホクホク気分で会場を出て、交通会館地下の甘味屋「おかめ」で一息つきながら、入手した切手達をしげしげと眺める。ほんの数センチ四方のスペースの中に、何と豊かな世界が広がっていることか。ああ綺麗……と、汁粉をすすりながらウットリした。しかしはたして私は残りの人生で、これらの切手を使い切ることができるのか。甚だ疑問ではあるが、「手に入れる」こと自体が楽しいというのもまた、事実なのである。

某月某日

卓球の試合に出た。引っ越しをして、卓球を習い始めてから一年半。
「そろそろ試合に出てみます？」
と、コーチに言われたのだ。

卓球の試合に出るのは、初めてではない。が、中学時代以来、実に約三十年ぶりの試合出場。セカンドバージン状態と言っていいだろう。

最近、こういった「セカンドバージン」を破るセカンド初体験が増えている。昔とった杵柄をもう一度、というお年頃なのであろう。フェイスブック流行りによって、昔とった杵柄のみならず、焼けぼっくいがどうしたこうしたといった現象もまま、見てとることができる。

昔の私は、試合に弱かった。明らかに緊張性であり、練習ではできていたことも、本番ではできなくなって敗北を繰り返し、試合に出ては、泣いていたっけなぁ。

しかし大人になった今、状況は少々、変わっていた。試合の数日前から、「たぶん緊張するんだろうなぁ。緊張って、どういう感じだったっけ」と、どこか緊張感を楽しみにするように。そして当日、案の定、緊張はしたのだが、緊張している自分を「おっ、緊張してるしてる」と、客観的に見られるようになったのだ。スポーツ選手がよく言う「緊張感を楽しむ」ってこういうことなのかしらん、と少し思った私。いざ試合となった時は、意外にも普通にプレイできたのだった。

結果としては負け試合が勝ち星を上回ったが、セカンドバージンとしてはまああの結果。ああ、中学時代からこの心境を得られればもう少し強くなれたのではないか……と思ったが、胃が口から出そうなほどにとことん緊張できるというのも、若さの特権であったのかもしれない。

オペラ

某月某日

一九九〇年公開の映画「プリティ・ウーマン」のことは、よく覚えている。それは、街娼《がいしょう》のジュリア・ロバーツ（＝ビビアン）と出会った実業家のリチャード・ギア（＝エドワード）が、彼女を洗練された女性に育てていくという、「マイ・フェア・レディ」的なストーリー。ロサンゼルスの高級ホテル・ビバリーウイルシャーのお風呂での苺《いちご》とシャンパン、ロデオドライブでのショッピングといったハイ・ライフの一端は眩しかったし、「娼婦が淑女に」というサクセス・ストーリーは、バブル期の日本人の心情にも重なるところが多かったのか、大ヒットしたものだ。

中でも印象的だったのが、オペラ鑑賞のシーン。エドワードは大金持ちなので、自家用ジェットでビビアンとオペラ見物へ。オペラ鑑賞は初めてのビビアンに、

エドワードは、

「初めてオペラを見て、好きになる人も嫌いになる人もいる。好きならオペラは一生の友となるし、嫌いならオペラは君の魂にはならない」

といったことを言うのだった。

二人が見たのは、「椿姫」。ビビアンはオペラに心を奪われ、感動の余り、最後は涙をこぼす。その姿を見たエドワードは、娼婦ながらオペラに感動するような精神の柔軟性を持つビビアンに、ますますグッとくるのだ。

私も、今までオペラを見たことがなかった。西洋のものより東洋のものを好む私は、オペラより歌舞伎派。今まで全くご縁の無い芸術だった。

そんな時、友人から誘われたのが、オペラ「セビリアの理髪師」。リチャード・ギアが言っていた台詞《せりふ》のように、果たして自分が初めてオペラを見た時にどのような反応を示すかは興味深いところ。オペラのシーンにおいて、ジュリア・ロバーツが豪華なドレスを着ていたことを思い出し、いつもより少しだけまともな格好をして、劇場へ向かった。

「私は歌舞伎派」などと豪語してみたが、私はありとあらゆる舞台を見ているうちに寝てしまうという業病を持っている。映画でも演劇でも落語でも、全く寝ずに最後まで見通すことができるのは、一割くらい。つまり滅多にないことなのである。残り九割は、決まって開始二十分後に睡魔に襲われる。その後、目を醒ましてストーリーはわかる程度に見る「まあまあ起きてた舞台」と、ずっと寝てしまってストーリーすらわからないという「ほとんど寝ていた舞台」に分けられるのだが……、結論から言えば、私の初オペラは、「ほとんど寝ていた舞台」だった。最初から悪い予感はしていたのだ。字幕は出るものの言葉はわからず、歌の上手い人達が朗々と歌い上げる……って、最も危険なパターン。最初の二十分で、登場人物はだいたい把握したが、いつの間にか気絶して、休憩に入ったことによって目が醒める。せめて休憩後は起きていようと白目を剝《む》きながら努力したものの、あえなく失神。

ということで、ハッピーエンドということは何となくわかったものの、詳しいストーリーはちんぷんかんぷん。席を立ち、ロビーに出ると友人が、

「どうだった？」

と、恐れていた問いを投げかけてきた。友人はオペラ好きで、しょっちゅう見に行っている様子。とてもではないが、「ストーリーがわからないくらい寝た」とは言えまい。

「う、うん、面白かった。皆さん歌が上手いわねぇ」

などと、明らかに歯切れの悪い返事をつぶやくしかなかった。

ああ、私が「プリティ・ウーマン」におけるビビアンであったら、この時点で玉の輿《こし》に乗るチャンスを逸したことであろう。「やはり、娼婦は娼婦。オペラなど見せてもどうにもならない」と思われたに違いない。

帰りの電車で（そもそもオペラ好きな人は、きっと電車など乗らないのですよね）、「やっぱり西洋のものは向いてないワ〜」と思いつつ、プログラムを広げた私。「こんなストーリーだったのか」と、やっと理解した。

某月某日
「舞台運」のようなものがある時はあるようで、オペラで眠りこけてからほどなくして、嵐のコンサートに誘われた。嵐といえば、今最もコンサートのチケットが取りにくいアイドルだというではないか。彼等のファンではないのだが、「これは見ておかないと」と、いそいそと出かけた。
場所は、東京ドーム。老若女達で、溢《あふ》れている。祖母、母、子と女三代で見に来ている人もいて、幅広いファン層に支持されているようだった。

ちなみに私、ジャニーズアイドルのコンサートを見るのも、生まれて初めてなのである。おそらくは相性の問題なのだと思うが、今までの人生で一度も、ジャニーズアイドルにキャーキャー言いたい気分になったことが無い。中学時代はたのきんがブームだったし、その後も光GENJIだの何だのとたくさんのジャニーズアイドルが出てきたが、彼等に対してピクリとも反応しない自分がいた。

そして、嵐。彼等は皆、一生懸命に歌ったり踊ったりしゃべったり。思いのほか、それぞれのレベルが高いことに驚いた。舞台装置も派手で、見ていて楽しい。が、キャーキャー言う気持ちにはやはり、ならないのだ。「がんばっているわねぇ」と、微笑ましく見守る、という感じか。

考えてみると、女性というのは、もともと「キャーキャー玉」のようなものを持っている人といない人がいて、その玉を持っている人は、何歳になろうとキャーキャー言い続けるし、無い人は一生、キャーキャー言わないのではないか。

中学時代、マッチに思いっきりキャーキャー言っていた私の友人は、小学校時代はビューティ・ペア（という女子プロレスのタッグがいたのです）に対して、将来は女子プロレスラーになりたいくらいの勢いでキャーキャー言っていたし、今は韓流アイドルにキャーキャー言っている。対して私は、昔も今も、有名人や芸能人にキャーキャー言った経験は、一度も無し。これはひとえに、「玉」の有無の問題なのではないか……?

などということを考えつつ、嵐メンバーのトークを聞いていたら、ついうとうとして寝てしまった。本物の嵐ファンに見つかったら殺される、と頑張って目を醒ましたのだが、「やはり、ここは本当に好きな人だけが来るべき場所なのだ」と、強く思った。

某月某日

歳末である。クリスマスが終わってお正月が来るまでの、街がお正月準備でわさわさしている時期が、私は好き。大掃除とまでいかない、中掃除(否、小掃除か)をしつつ、物を捨てまくるのもまた楽し、と。

掃除用品を買い足しに、地元のドラッグストアへ行った。レジを済ませると、「今、福引きをしていますので一回どうぞ～」と言われる。おお、福引き。どうせポケットティッシュであろうが、歳末心が弾むではないか。

ががらがら回して、ぽとりと落ちた玉は、赤色。あ、いつもの白じゃない。……

と思った途端、係のお姉さんが、

「おめでとうございまーす！」

と、からんからん鐘を鳴らした。ひょっとして当たり？　ハワイ旅行とか？　ルンバとか？　どうしようこんな地元で、恥ずかしい〜。それにこんなところで運を使ってしまったらもったいないじゃないの〜。

と、私はあたふたする。くじ運のかけらも持たない私、福引きで当たり鐘を鳴らされたのは初めてのこと。一体何がもらえるというのか。

嬉し恥ずかしな気分で待ったところ、お姉さんが手渡してくれたのは、シャンプーとコンディショナーのセットだった。どうやら、当たりといっても一等賞とかではないらしい。「めでたさも、中くらいなり」とはまさにこのこと。

とはいえ、福引きでティッシュ以外のものが当たるというのは、嬉しいものである。シャンプーとコンディショナーであっても、「なかなかいい年であった」という気分に。終わり良ければ全て良し、とはこういうことを言うのかもしれないなぁ。

某月某日

年が明けた。いつもと変わらないお正月、平和である。

考えてみると、生まれてから今まで、東京の実家以外の場所で元日を過ごしたことが無い。若くて遊び盛りの頃も、元日の朝のお雑煮には間に合うように家に戻ってきたし、旅先で年越し、ということもなかった。

視聴するテレビ番組も、決まっている。大晦日《おおみそか》は、紅白歌合戦。つまらなくても知らない歌手でも、意地でも見る。そして元日の夜は、NHK教育テレビでウィーン・フィルのニューイヤーコンサートを、全てとはいわないまでも最後のラデツキー行進曲くらいは見て、二日・三日は箱根駅伝を。駅伝は特に、初日の五区・山登りが好き。……と、正しい日本人のお正月テレビライフを遵守している。

しかし今回のお正月は、いつものパターンにほころびが見えた。大晦日、かろうじて紅白の定点観測はしたのだが、元日の夜は、他のことをしていたら、ニューイヤーコンサートは終わっていた。そして二日の午前は、友達から映画に誘われたので外出し、箱根駅伝の山登りを見なかったのである。

テレビとはいえ、毎年していることをしないというのは何となく気持ちが悪いのであるが、「無常っていうのは、きっとこういうことなのよねぇ」などと思うのだった。

そして三日、地元の神社に初詣に。昨今、初詣がやたらと流行っているような気がして、何ということはない近所の神社にも、参拝のための列ができていたりするのだが、三日にもなるとさすがに空いていた。

お参りを済ませ、恒例のおみくじ。おみくじは年に一回、初詣の時にだけと決めているのだ。

木の箱をよく振って、細い棒を一本。巫女《みこ》さんに渡しておみくじをいただき、見る時の気分というのは、テストの点数を見る時のそれと似ている。

……と、広げたおみくじに書いてあったのは、「凶」の一文字であった。あうっ……。

長年この神社でおみくじを引いているが、新年に凶が出たのは初めてのこと。テストが赤点でした、的なショックを受けつつ、自宅へ。私は毎年、おみくじは日記帳代わりのノートの最初に貼り付けているのだが（後から検証するため）、今年のノートには、禍々《まがまが》しく「凶」の文字が貼られることとなった。さらには「運気容易に開けず口舌多し」とか、「脇目をふらず正直に働きて」といった文章が書いてある。

「待人《まちびと》」とか「失物《うせもの》」とか、項目毎に色々とアドバイスが書いてあるが、とりあえずはひたすら真面目に働け、ということ。はいよくわかりました、今年もがんばりますよ……ということで、新しい年はスタートしたのだった。

あとがき

中年期における初体験の数々を私が記し始めてから、数ヶ月後。日本と日本人は、東日本大震災という、想像もしなかったような初体験に見舞われました。それは東日本の人々が初めて体験した、巨大地震と津波、そして原発事故だった。生まれてからずっと、まずまず平和な世に生きてきて、これからもそんな世の中がそのまま続くだろうと思っていたところでの、大災害。

「こんな『初めて』があろうとは」

と、呆然とした日々の記憶は、生々しく残っております。

人生には、予想もしなかったことが起こるということは、誰もが知っているのでしょう。が、知っていてもその「予想もしなかったこと」が起こった時には、「まさか」と、驚く。

東京でも大きな揺れを感じたわけですが、地震が収まってしばらくした後、私は「まさかの事態に対して、『備える』ことはできても、『覚悟』などできないものだな」ということを、痛感しておりました。首都圏にも近いうちに大地震が来る可能性が高いことはずっと言われていたけれど、いざ揺れた時に私は「来ることはわかっていたから大丈夫」と泰然とはしていられなかった。次第に強くなっていく揺れに、「とうとう来た……、死んじゃうかも……!」と、あせりまくったのです。

それでは「備え」はしてあったのかといえば、それもなかった。様々なものを買い溜めてはいたものの、地震に備えるという意識があったわけではなく、たまたま買ってあっただけ。最も手厚く備蓄してあったのは、アクロンとバスマジックリンでした。

思えば人生における様々な初めての一大事に際しても、私はいつもこのような態度だったものです。「いつかはそんなことがある」とわかって覚悟をしていたつもりでも、いざ事が起こってみると、その覚悟は実に薄っぺらで、簡単に吹っ飛んでいきました。物心両面で、泥縄式にあたふたと対処するしかなかったのです。

こうして私は、「覚悟」というのは自分にとって、単なる言葉でしかないことを知ったわけですが、今後も私の人生には、様々な〝初めての難事〟がふりかかることでしょう。すなわち、初めての大病、初めての独居老人生活、初めての寝たきり、初めての孤独死等々。そんな時のために、「覚悟」の代わりに、せめて「備え」をしておきたいとは思っているけれど、今までの生き様を見ていると、それもかなり怪しいところ。

一つだけ確かなことがあるとすれば、これからも私は、初体験の度に「これを書いておきたい」と思うであろう、ということなのです。そんな中で今から惜しいと思うのは、初めての「死」についてだけは、どう頑張っても書くことができない、という事実。初めての死を体験している瞬間、霊界通信をしてでも「初めての死」について此岸《しがん》の皆さんにお伝えしたい……、と歯がみをするような気がしてなりません。

そんな日が来るまで、私はこれからどれほどの「初めて」を体験することができるでしょうか。それは、少し楽しみのようで少し怖くもあるわけで、どことなく新入学の時の気分とも、似ているのです。

二〇一三年　春

酒井順子

文庫版　あとがき

『泡沫日記』の刊行から三年が経った今。その後も順調に私は年をとり、初体験を積み重ねております。

たとえば最近では、「初めての遠近両用眼鏡《めがね》」という体験がありました。新しい眼鏡が欲しくなったので、本書にも登場する、高校生の時から通っている眼鏡屋さんへ行った私。検眼をしてみたところ、

「遠近両用を作ってみてはどうですか？」

と、お店の人に薦められたのです。

周囲に老眼鏡を使用する人は多いけれど、ついに自分もその時が……と、感慨深いものがあった私。遠近両用と言うと、眼鏡レンズの下半分に小さな四角い部分があるような、おじさんがしている「いかにも遠近」な眼鏡がイメージされますが、最近は技術が進化して、遠近の境目がシームレス。遠近両用であることが端からはわかりません。

私はその時、同級生の眼鏡友達と一緒にいました。二人で、

「どうする……?」

「あまり年をとってからだと、遠近両用に慣れないっていうことだし……」

「作っちゃう?」

と、「せーの」で一緒に大人の階段を一歩上がることにしたのです。

帰り道、おしゃれな都会を歩きつつ、

「我々もとうとう、遠近両用とはねぇ」

「使いこなせるかしら」

「今日は二人の遠近記念日……」

などと語り合った我々。友達と一緒にいると一歩踏み出すことができるのね、と女学生気分になっていました。

そして最近ホットな話題と言えば、更年期関係のあれやこれやです。少し身体に不調があると、

「これって、更年期なんじゃないかしら?」

と同世代の友人と騒いだり、年上の友人に助言を求めたり。更年期という大波を、皆で乗り越えていきましょう……と、手をつないでふんばっている感じ、と

でも言いましょうか。

今までの人生において、母親からも、また年上の女性達からも、「更年期がつらかった」などということはあまり聞いたことがなかったのですが、自分がその年代に達すると、先輩方は親切に情報を開示してくださるものです。更年期サークルというのは、年齢的にその資格を持つ者しか参加が許されない、秘密結社のようなものだったのだなぁと、気づいた次第です。

このように、その年ごとに手をかえ品をかえ……という感じでやってくる、肉体上の変化。「そうくるか！」という驚きは毎度ありますが、「新たな変化を受け止める」ということには、慣れてきたように思います。そして遠近両用眼鏡も更年期も、また年をとれば「あの頃はそんなことで驚いてたのネー、若かった」と、懐かしく思い返す事例となるに違いありません。

それにしても昨今気になるのは、この「年をとる」という言葉が、あまり使われなくなっていることです。どうやら今や、「年をとる」はほとんど差別語扱いで、「年を重ねる」と言わなくてはならないらしい。「とる」は「取る」なのだと思いますが、別に悪い言葉ではありません。だというのに「とる」を避けて「重ねる」と言うようになったのは、今や「年をとる」ことそのものが災厄と見なされているからではないでしょうか。

「年をとった人」＝「可哀想《かわいそう》な人」。だから、今まで可哀想な人のことを指していた言葉は避けて、マイルドな言葉にしなくては、という感覚で「重ねる」を使っているのではないか。そんなわけで、

「年を重ねてきて、いかがですか？」

などと言われると、何か憐《あわ》れまれているような気分になるのです。

「年を重ねる」という言葉が広まってから、「年をとる」は、ますます差別語的響きを強めました。「あの人は老けた」ということを言いたい時、「あの人、年をとったね」と言いますが、「あの人、年を重ねたね」とは言わないのですから。

しかし年を「とる」というのも、どこかからふんだくってくる感じで、元気があって良いではないの、と思う私。「年を重ねて」などといちいち言い換えていたら、年を「とる」という現実からずっと目を逸《そ》らし続けなくてはならないのではないか。

少なくとも自分は、「年を重ねる」などという耳障りの良い言葉を使用せずに、きちんと年を「とり」たいものよ……と、私は思います。つまりは「年をとった」ということを恥じたり隠さなくてよい世の到来を望んでいるわけです。

年をとることによって知る初体験の数々は、自分の中で堆積しているのか、はたまた積み重ねては崩れるという三途《さんず》の河原状態なのかは、わかりません。が、遠近両用に更年期……と、スタンプラリーのように初体験をくぐり抜けていく間に、共に歩む友との信頼が深まるのは確かなようで、年をとるのも悪くない、と思うのです。

最後になりましたが、文庫版の刊行にあたっては、集英社文庫編集部の海藏寺美香さんにお世話になりました。読者の皆様へとともに、御礼申し上げます。

酒井順子

二〇一六年　初夏

初出
本書は、二〇一三年四月、集英社より刊行されました。
集英社WEB文芸「レンザブロー」二〇一一年二月〜二〇一三年二月

集英社文庫　目録（日本文学）

早乙女貢　続会津士魂八　甦る山河
早乙女貢　わが師山本周五郎
早乙女貢　竜馬を斬った男
早乙女貢　奇兵隊の叛乱
酒井順子　トイレは小説より奇なり
酒井順子　モノ欲しい女
酒井順子　世渡り作法術
酒井順子　自意識過剰！
酒井順子　おばさん未満
酒井順子　紫式部の欲望
酒井順子　この年齢《とし》だった！
酒井順子　泡沫日記
坂口安吾　堕落論
坂口恭平　TOKYO一坪遺産
坂村健　痛快！コンピュータ学
佐川光晴　おれのおばさん

佐川光晴　おれたちの青空
佐川光晴　あたらしい家族
佐川光晴　おれたちの約束
さくらももこ　ももこのいきもの図鑑
さくらももこ　もものかんづめ
さくらももこ　さるのこしかけ
さくらももこ　たいのおかしら
さくらももこ　まるむし帳
さくらももこ　あのころ
さくらももこ　のほほん絵日記
さくらももこ　まる子だった
さくらももこ 土屋賢二　ツチケンモモコラーゲン
さくらももこ　ももこの話
さくらももこ　ももこの宝石物語
さくらももこ　さくら日和
さくらももこ　ももこのよりぬき絵日記①〜④

桜井進　夢中になる！江戸の数学
櫻井よしこ　世の中意外に科学的
桜木紫乃　ホテルローヤル
桜沢エリカ　女を磨く大人の恋愛ゼミナール
桜庭一樹　ばらばら死体の夜
佐々涼子　エンジェルフライト 国際霊柩送還士
佐々木譲　犬どもの栄光
佐々木譲　五稜郭残党伝
佐々木譲　雪よ荒野よ
佐々木譲　総督と呼ばれた男(上)(下)
佐々木譲　冒険者カストロ
佐々木譲　帰らざる荒野
佐々木譲　仮借なき明日
佐々木譲　夜を急ぐ者よ
佐々木譲　回廊封鎖
佐藤愛子　憤怒のぬかるみ

集英社文庫　目録（日本文学）

佐藤愛子　死ぬための生き方
佐藤愛子　結構なファミリー
佐藤愛子　風の行方(上)(下)
佐藤愛子　こたつの人　自讃ユーモア短篇集一
佐藤愛子　大黒柱の孤独　自讃ユーモア短篇集二
佐藤愛子　不運は面白い　幸福は退屈だ　人間についての断章326
佐藤愛子　老残のたしなみ　日々是上機嫌
佐藤愛子　不敵雑記　たしなみなし
佐藤愛子　自讃ユーモアエッセイ集　これが佐藤愛子だ　1〜8
佐藤愛子　日本人の一大事
佐藤愛子　花は六十
佐藤愛子　幸福の絵
佐藤賢一　ジャガーになった男
佐藤賢一　傭兵ピエール(上)(下)
佐藤賢一　赤目のジャック
佐藤賢一　王妃の離婚
佐藤賢一　カルチェ・ラタン
佐藤賢一　オクシタニア(上)(下)
佐藤賢一　革命のライオン　小説フランス革命1
佐藤賢一　パリの蜂起　小説フランス革命2
佐藤賢一　バスティーユの陥落　小説フランス革命3
佐藤賢一　聖者の戦い　小説フランス革命4
佐藤賢一　議会の迷走　小説フランス革命5
佐藤賢一　シスマの危機　小説フランス革命6
佐藤賢一　王の逃亡　小説フランス革命7
佐藤賢一　フイヤン派の野望　小説フランス革命8
佐藤賢一　戦争の足音　小説フランス革命9
佐藤賢一　ジロンド派の興亡　小説フランス革命10
佐藤賢一　八月の蜂起　小説フランス革命11
佐藤賢一　共和政の樹立　小説フランス革命12
佐藤賢一　サン・キュロットの暴走　小説フランス革命13
佐藤賢一　ジャコバン派の独裁　小説フランス革命14
佐藤賢一　粛清の嵐　小説フランス革命15
佐藤賢一　徳の政治　小説フランス革命16
佐藤賢一　ダントン派の処刑　小説フランス革命17
佐藤賢一　革命の終焉　小説フランス革命18
佐藤正午　永遠の½
佐藤多佳子　夏から夏へ
佐藤初女　おむすびの祈り　「森のイスキア」こころの歳時記
佐藤初女　いのちの森の台所
佐藤真海　ラッキーガール
佐藤真由美　恋する短歌　22 short love stories
佐藤真由美　恋する歌音《カノン》　こころに効く恋愛短歌50
佐藤真由美　恋する四字熟語
佐藤真由美　恋する世界文学
佐藤真由美　恋する言《コト》ノ葉《ハ》　元気な明日に、恋愛短歌。
佐野眞一　沖縄　だれにも書かれたくなかった戦後史(上)(下)
佐野眞一　沖縄戦いまだ終わらず

S 集英社文庫

泡沫日記《ほうまつにっき》

2016年6月30日　第1刷　　定価はカバーに表示してあります。

著　者　酒井順子《さかいじゅんこ》

発行者　村田登志江

発行所　株式会社　集英社

東京都千代田区一ツ橋2-5-10　〒101-8050

電話　【編集部】03-3230-6095

【読者係】03-3230-6080

【販売部】03-3230-6393（書店専用）

印　刷　大日本印刷株式会社

製　本　大日本印刷株式会社

フォーマットデザイン　アリヤマデザインストア　　マークデザイン　居山浩二

ISBN978-4-08-745460-4 C0195